河出文庫

古典新訳コレクション

菅原伝授手習鑑

三浦しをん 訳

河出書房新社

目次

菅原伝授手習鑑

初段

大内《おおうち》の段

姑射山《こやさん》の青々とした松が、しなやかでうつくしい女性となって出現し、羅浮山《らふさん》の珊《さん》瑚《ご》の玉のような梅が、清らかで麗しい女性となって夢に登場する。大陸では古来、この手の話が多く語られてきた。これらはみな、ひとの思いが結晶して、樹木に変化《へんげ》をうながしただけのことだ。本来の意味での「樹木の精霊」とは言えない。

日本でも、子どもの名を「松」や「梅」としたり、ひとを「桜」になぞらえたりするだろう。それによって、人々はますます木や花に思い入れを抱くようになる。

ひとはひとだ。樹木ではない。樹木にひとの姿を幻視するのは、ひとの心だ。

天神《てんじん》さまとして有名な菅原道真《すがわらのみちざね》は、太宰府《だざいふ》に流刑となったとき、大切にしていた梅の木を和歌に詠んだ。樹木を愛《め》でる思いが和歌として結晶し、後世まで伝えられるとは、なんともありがたいことではないか。

さて、これから語ろうとしているのは、天神さまがまだ「ひと」だったころ、ひととしての名を持っていたころの話だ。

菅原道真は古今の文章に造詣《ぞうけい》が深く、書道の奥義を極めていたので、才智と徳を兼ね備えた人物として、右大臣に推挙された。権勢を振るっていた左大臣藤原時平《ふじわらのときひら》と並び立つ存在となった道真は、「菅原の大臣」すなわち「菅丞相《かんしょうじょう》」と人々から敬《うやま》われ、心をこめて天皇に仕えた。延喜《えんぎ》の御代《みよ》は安泰である、とだれもが思っていた。

だが、天皇は風邪《かぜ》をこじらせ、病の床についた。見よ、斎世《ときよ》親王が、兄である天皇を見舞うため、法皇の御所に勤める判官代輝国《はんがんだいてるくに》をお供に、ちょうど参内《さんだい》してきたところだ。

輝国は階段の下に控える。斎世親王は席について姿勢を正すと、道真に向かって言った。

「今朝《けさ》、院へまいったところ、『今上《きんじょう》のご病気は、日が経《た》つというのに快復していない。急いで参内し、直接お顔を拝見して、どんなご様子だったか、ありのままを報告するように』と法皇さまがおっしゃり、供として輝国をつけてくださった。主上《おかみ》のご容態はいかがだろう」

「それほどお変わりもございません。詳しいことは、この道真にお尋ねになるよりも、じかにご様子をうかがわれるのがよろしいでしょう」

道真は笏《しゃく》を持ち直し、礼儀正しく応じる。

「そうか。ではそうしよう」

斎世親王は時平にも挨拶《あいさつ》し、常寧殿《じょうねいでん》へ入っていった。

そこへ式部省《しきぶしょう》の下役人、春藤玄番允友景《しゅんどうげんばのじょうともかげ》がやってきて、階段の下で頭を下げた。

「このたび渤海国《ぼっかいこく》から来日した唐《とう》の僧、天蘭敬《てんらんけい》が、『陛下のお姿を絵に描き写したい』と願いでております。というのも、主上の聖なる徳を伝え聞いた唐土《もろこし》の僖宗《きそう》皇帝が、『お顔をなんとか拝見し、お姿を絵に描いてから帰国するように。その絵を通して、ぜひ日本の天子と対面したいから』と望んでいるのだとか。たくさんの贈り物も、これ、このように」

玄番は、唐土の皇帝からの贈り物を庭に運びこませ、ずらりと並べる。

「めずらしい願いだが、今上である延喜の帝《みかど》が、聖王でいらっしゃることは明らか」と、道真はうなずいた。「そのお姿を、唐の帝までもが目にしたいと望むとは、我が国の誉《ほま》れだ。だが折悪《おりあ》しく、主上はご病気であらせられる。そう正直に説明し、贈り物は受け取らずに、天蘭敬を帰国させるほかないのではないか。時平《しへい》公、お考えはおありですか」

時平は、「これだから……」と言いたげに首を振った。これだから、政《まつりごと》のなんたるかを知らぬやつは、と。

「そうではないぞ、道真。ご病気だと説明しても、先方は本当だとは思うまい。『延喜の帝は聖王だというが、実際は片足を引きずってるか、片目がつぶれてるか、とにかく、およそひとまえに出られぬような、天皇らしくない外見なのだろう。だから、病気などという言い訳をするんだ』と、こう思われるのが関の山だ。それでは日本のメンツに疵《きず》がつく。面倒な誤解をされるぐらいなら、身代わりを立て、天皇だと偽って唐僧に拝謁《はいえつ》させれば、この件はなにごともなく済むというもの。むろん、身代わりは私が務める。天皇の御衣《ぎょい》を着け、天皇になりきって対面しよう」

それでは相手をだますことに……、と言ったとて、聞く耳を持たぬのが時平の時平たる所以《ゆえん》。あわよくば天皇に成り代わろうという、だいそれた野心さえほの見える。

黙って控えていた輝国が、階段ぎりぎりまでずずいと近寄った。

「斬新なご発案、感服いたしました。しかし唐土の天蘭敬は、時平公のお姿を描きにきたのではないはず。吊《つ》り目で、岩をも嚙《か》み砕きそうな顎《あご》で、頰《ほお》がとんでもなくでっぱった主上が登場するわけで、唐僧もさぞかしびっくりするでしょうなあ。いやいや、これが武烈《ぶれつ》天皇の身代わりでしたら、時平公が適任だと私も思います。なんといっても、神武《じんむ》天皇以来ただ一人の悪王ですから、ぴったりだ。あなたが今上陛下の身代わりだなんて、鹿を馬だと言い張るようなもの。ははははは。およしになったほうがよろしいのでは？」

「そのよくまわる舌を切られたくなければ、すっこんでいろ！」と、時平は怒鳴った。「さあさあ玄番。天蘭敬を内裏《だいり》へ連れてこい。私は主上に扮《ふん》する準備をしよう」

立ちあがりかけたところを、道真が引きとめる。

「天下のために身代わりになろうという、時平公のお申し出、なるほどと思いました。しかし、もし天蘭敬が人相見に長《た》け、君主か否かを見極められる能力を持っていたら、あなたが帝の血筋ではなく、ただの臣下だということを知られてしまうでしょう。そのときはどうなさいます」

言葉に詰まる時平に代わり、腰巾着《こしぎんちゃく》である三善清貫《みよしのきよつら》が進みでてきた。

「菅丞相のお言葉とも思えませんな。その坊主が人相見だったらとは、あまりにも気をまわしすぎ、念の入れすぎというものです。ねえ、左中弁希世《さちゅうべんまれよ》どの、そう思いませんか？」

差し出口をする清貫に対しても、道真は鷹揚《おうよう》に首を振るにとどめ、

「いや、念には念を入れても、過《あやま》ちや抜け落ちはあるもの。ほかでもない、唐土からの公式な使者が相手なのだから、軽々しく取りはからうわけにはいかない」

と、しばらく考えこんでいた。清貫はかたわらにいる左中弁平《たいらの》希世に、「おまえもなにか言え」と目で合図を送る。希世は、「ここは時平公についたほうが……」と思いながらも、道真の書道の弟子でもあるので、様子見を決めこむ。

「つまるところ」

と、ややあって道真は言った。「天皇の身代わりが、臣下にできようはずもない。幸い、主上と同じ母から生まれた弟宮、斎世親王が参内しておられる。今日のみ、斎世親王を陛下だということにして、天蘭敬にお姿の絵を描かせるのはいかがだろう。斎世親王なら、唐土まで伝わっても恥ずかしくない見目《みめ》をしておられるし」

理にかなった提案に、思惑がはずれた時平と三善清貫は目と目を見合わせ、あんぐりと口を開けているほかなかった。

うつくしい御簾《みす》の奥から伊予内侍《いよのないし》が現れ、厳《おごそ》かに告げた。

「主上が左右大臣の論戦を耳にされ、『朕《ちん》の身代わりは斎世の宮にせよ』と、じきじきのお言葉がありました。斎世の宮さまはいま、御衣に着替えておられます。この旨、

申し伝えよとのおおせです」

それだけ言って、内侍は再び奥へ入っていった。

時平はあからさまに腹立ち顔だ。推移を見守っていた輝国は、ひそめていた眉《まゆ》を開いた。内裏の庭に通じる日華門《じっかもん》も開き、春藤玄番に案内されて、天蘭敬が入ってくる。異国風の衣を着た彼は、その衣で内裏の庭を覆うように平伏《へいふく》した。

「ふむ。唐土の僧、天蘭敬とはおまえか。主上のお顔を描きたいとの願い、かなえてやるからありがたく思え」

そう言って時平が合図すると、先払いの声とともに御簾が高く巻きあげられた。留《と》め具《ぐ》に金箔《きんぱく》を押した冠を戴《いただ》き、龍《りゅう》の刺繍《ししゅう》が入った御衣を着た斎世親王は、実にさわやかで美々しい。さすがは天皇の血縁者だ。尊い風情《ふぜい》に、居並ぶものはみな、「はーっ」と思わずひれ伏す。

天蘭敬はやっとのことで顔を上げ、天皇をまじまじと眺めた。

「おお、なんと素晴らしい、聖なる君主であられることか。我が国の僖宗皇帝がお慕いになるのも道理です。仏が備えているという三十二相が、すべて備わって……。もう、言い表しようもないお姿。もったいないことですが、わたくしめの筆で描かせていただきます」

持参した絵絹《えぎぬ》を広げ、硯箱《すずりばこ》を引き寄せると、檜《ひのき》を焼いた下絵用の絵筆をすべらせはじめた。眉のカーブや額際を眺めては描き、描いてはまた眺める。笏を持つ手つきから、御衣の着かたに至るまで、寸分違《たが》わず写し取る。その速さといったら、かの有名な唐土の画家、顔輝《がんき》の子孫かと思うほどだ。まるで生きているかのような描線で、見事な下絵がみるみるうちに完成する。

それを見て取った輝国が、天皇に渡すべく唐土からの贈り物を受領した。

「追って褒美《ほうび》があるだろう。それまで宿へ」

と道真が命じ、天蘭敬は春藤玄番に伴われ、満足そうに退出していった。

時平が待ちかねたように玉座に駆け寄り、斎世親王の肩をつかんで引きずりおろした。御衣と冠を乱暴に剝《は》ぎ取って、

「唐土の僧が帰ったからには、少しのあいだも着せてはおけん。一番下の九位の位もない、無位無官のものが身につけたとあっては、装束《しょうぞく》も冠も穢《けが》れたも同然。内裏には置いておけないから、私が預かる。今日の件は、右大臣が主上へ報告なさい。私は退出し、館へ帰る！」

と、さっさと歩いていこうとする。道真は立ちあがり、時平の手からやんわりと御衣と冠を取り返した。

「軽はずみなお振る舞いですぞ、時平どの。主上のお許しも得ず、天皇の御衣と冠を私的に持ち帰っては、謀反《むほん》と誤解されかねません」

道真は純粋に時平のためを思って言ったのだが、光はときとして、鋭く輝く釘《くぎ》にもなる。濃い暗闇《くらやみ》に差しこめばなおさらだ。時平はいやそうに顔をしかめた。

気まずい沈黙が流れるなか、斎世親王が道真に向き直り、口を開いた。

「さきほど、私に身代わりを命じられたとき、主上はこうもおっしゃっていた。『病に伏して改めて感じるのだが、ひとの命とは本当にはかないものだね。老いたものから順に逝《い》くともかぎらないし、この浮世に、たしかなことなどひとつもないな……。にもかかわらず、名を残したいとあがくのは、結局は己《おの》れのことしか考えていない、むなしい行いだ。だが、道を残そうと努めるのは、のちの世に生きるものたちのためになる』。どうやら主上は、菅丞相が感得した書道の行く末を案じておられるご様子。『書の道を伝授しようにも、娘ではどうしようもないし、ほかに道真の子といえば、まだ幼い息子の菅秀才《かんしゅうさい》しかいない。そこで、多くの弟子のなかから才能のあるものを選び、書道の奥義を授けて、のちの世までの宝とせよ』とのおおせだった」

言葉をさえぎる勢いで、左中弁希世がしゃしゃりでた。

「菅丞相の弟子のなかで、位といい器用さといい、この希世を上回る書家はおりません。宮さま、『ちょうどいい、ここで希世に伝授せよ』とおっしゃっていただければ、万事解決です！」

鼻息の荒い希世を、道真は苦笑いで戒《いまし》める。

「あなたは内裏では私の同僚だが、書道においては私の弟子。師匠の意向を差し置き、自分勝手なお願いをするものではないですよ」

そして、天皇の命《めい》への返答を、襟《えり》を正して斎世親王に伝えた。「ありがたい主上のお心。唐にも日本にも、文字は何万何千と存在いたしますが、私の感得した書道で書けぬ文字はひとつとしてございません。ただ、それを伝授するとなりますと、神々の時代の文字をも含みますゆえ、七日間潔斎《けっさい》し、七カ所に御幣《ごへい》を立てて、祈りを捧《ささ》げる必要があります。そこまで大変な道とも知らず、ほうぼうの寺子屋で気軽に手習いをしている子らがいますが、それもみな私の弟子。さっそく今日より自宅で精進《しょうじん》潔斎し、弟子のなかから才能あるものを選びだして、奥義を伝授するようにいたしましょう」

その言葉どおり、道真が確立した書の道は、いまに至るまで伝わり、残っている。

道真の「道」は、書道の「道」。道真の「真」は、すなわち「誠」。名は体を表すとはこのことで、延喜の御代に乱れなく、たゆたうように穏やかなときを謳歌《おうか》する。

そう、菅原道真が、天皇のそばにいるかぎりは。

加茂堤《かもづつみ》の段

二輛《りよう》の牛車《ぎつしや》が無造作に松の木陰に駐《と》められ、車輪を休めている。牛飼いが二人、肘《ひじ》枕《まくら》で眠っている。

並んだ牛車のうち、ひとつは左大臣藤原時平《ふじわらのときひら》のもの。もうひとつは右大臣菅原道真《すがわらのみちざね》、通称菅丞相《かんしようじよう》のもの。天皇の病気平癒《へいゆ》を祈願するため、道真の代理で左中弁平希世《さちゆうべんたいらのまれよ》が、時平の代理で三善清貫《みよしのきよつら》が、加茂《かも》神社へお参りにきたのだ。巫女《みこ》が神殿で湯立ての神事を行うあいだ、牛飼い二人は、加茂川の堤《つつみ》でうたたねを満喫中。互いの夢と夢とを、のどかに行き来してでもいるのかもしれない。

風が松の枝を揺らし、道真に仕える牛飼い、梅王丸《うめおうまる》が目を覚ました。

「おい、松王丸《まつおうまる》。おまえの主人、時平《しへい》公は、短気だが根は大物。それに引き替え、代理の清貫どのは、短気なうえに根が悪者。使いのものが呼びにこないうちに、起きて車の準備をしておかないとうるさいだろう」

「ほう、梅王ときたら言うじゃないか。おまえの主人の代理で来た希世どのこそ、ずいぶん邪《よこしま》なおひと。『ひとの好みはそれぞれ』とは言うが、よりによってあんなやつを弟子にしたり、代理でお参りにやったりする、菅丞相のお心こそを俺《おれ》は知りたいね」

「いや、それはさ。聖人のお心の広さってのは、おまえみたいなちっちゃい考えじゃ計りきれないってことだ。菅丞相さまの度量については、俺たちも思い当たるふしがあるじゃないか。斎世《ときよ》の宮さまの牛車を引く桜丸《さくらまる》と、おまえと、俺とは、世にもめずらしい三つ子の兄弟。顔と心はちがっても、着物はおそろい。俺たちが生まれたとき、『これは予想もしなかったなあ。どうしたものか』と、親父《おやじ》どのは悩んだらしい。ところが、噂《うわさ》を聞いた菅丞相さまが取りなしてくださった。『三つ子とはめでたいものだから、大切に育てるといい。将来は牛飼いとして雇おう。きっと天下泰平の証《あかし》となり、陛下のお守りとなるだろう』ってさ。そのうえ給料までくださったから、親父の四郎九郎《しろくろう》どのはいま、菅丞相さまの領地である佐太《さた》村で、菅丞相さまが大切にしている梅、桜、松の手入れをしながら、なに不自由なく暮らすことができている。俺たちの名前だって、ご寵愛《ちょうあい》の三本の木から取って、は、菅丞相さまがつけてくださった。菅丞相さまにお仕えする俺は、『梅王丸』。『松王丸』『花の兄』とされる梅にちなんでの命名だから、菅丞相さまに、一応、俺が三つ子の長兄というおつもりなのかもな。時平公に仕えるおまえは、『松王丸』。『桜丸』は、斎世の宮さまの牛飼い。俺たちにとって、名づけ親の菅丞相さまは大恩あるおかただ。それぞれべつの家に奉公しているとはいえ、絶対に、ほんのちょっとでも、おろそかに思わないほうがいいぞ」

「ああー、くどくどくどくど、説教が長いんだよ」

松王丸はうんざりし、話題を転じた。「桜丸はまだかな。斎世の宮もお参りにこられたし、そろそろ牛を休めにきそうなもんだが」

「なんか用でもあるのか？」

「うん、佐太村の親父どのが、来月は七十歳のお祝いをするから、俺たち三組の夫婦で来いと、使いを寄越されたんだ。それを桜丸にも伝えなきゃと思ってさ」

「そのことなら、それぞれに使いが来たから、桜丸だってちゃんとわかってる」

「そうか……」

「親父どのも、もう古稀《こき》の祝いをする年か。考えてみれば、借金もなく、子どもは三人あって、『負《か》わず借らずに子三人』という諺《ことわざ》を地でいく、幸せな人生を送っておられるよなあ」

二人が話しているところへ、桜丸がやってきた。同じ父と母を持ち、同時に生まれた三つ子だから、だれが兄でだれが弟ということもない、ざっくばらんな間柄だ。ほかの二人と同様、牛飼いの装束《しょうぞく》を身につけた桜丸は、松の木陰に牛車を並べて駐め、

「おーい、二人ともずいぶんのんびりしてるじゃないか」

と、堤のうえから呼びかける。「神事はもう、半ばを過ぎたところだ。呼び出しがかからないうちに、早く行ったほうがいい」

梅王丸は首をかしげた。

「神事が済んだら、まずは宮さまから出発されるはずだろ。おまえこそ、ここへなにしにきたんだ」

「いや、うちの宮さまは神主のところで休息されるから、いつご出発になるかわからないんだ。おまえたちが乗せてきた代参のかたがたは、宮中のご用があるとかで急いでいるようだったぞ。油断して叱《しか》られるな」

松王丸は、

「なるほど。なんの役職にも就いていない宮さまと、時平公に目をかけられている清貫さまとでは、忙しさの桁《けた》がちがう。いつ出立《しゅったつ》されるかわからんから、行くとしよう」

と、牛車を動かそうとする。

「おい待て、松王」

と、梅王丸が止めた。「清貫さまがお発《た》ちになるというなら、この梅王がお供した希世卿《きょう》だって同じだ。だが、もしまだご出発にならない場合は、あの人混みのなかへ、無駄に牛車を突っ込ませることになる。だれかを引っかけて怪我《けが》をさせても、車を壊しても、失敗は牛飼いの責任だ。まずはひとっ走りして、様子を見てこないか。やっぱりお発ちになりそうだったら、牛車を取りに戻ればいい。充分休んで疲れも取れたことだし、さあ来い！」

梅王丸と松王丸は神社のほうへ走っていった。

それを見送った桜丸は、

「ははははは、うまくだませた。体《てい》よく追い払えたぞ」

と一人ほくそ笑み、手を打ち鳴らして合図した。その音に導かれるように現れたのは、頭から衣をかぶった、十五、六歳のたおやかな少女だ。燃えるような恋に捕らわれているからか、露《つゆ》に濡《ぬ》れた草に足を取られても気にならないらしい。

色香を匂《にお》いたたせた彼女の名は、刈屋姫《かりやひめ》という。あの菅原道真を父に持つ、書道の家柄の姫君だ。桜丸自慢の妻、八重《やえ》が、お供として刈屋姫のあとにつき従っていた。あでやかでうつくしい八重は、「姫さまの思いびと、斎世の宮さまをなんとしても口説き落とし、デートまで漕《こ》ぎつけてさしあげなければ」と張り切っている。八重は気が逸《はや》り、刈屋姫を追い越して夫に駆け寄った。

「あなた、首尾はいかが？」

「ばっちりだ」

と、桜丸はうなずいてみせる。「この加茂川の堤は、今日は牛車の駐車場。一般人は立入禁止だから、ネズミの子一匹いないだろうと踏んで、斎世の宮さまをお誘いした。ところがどっこい、梅王丸と松王丸が、どんぐりまなこでだらだらしてる。あてがはずれて、俺としてはびっくりするやらがっかりするやらだ。しょうがないから、一生つくまいと思っていた嘘《うそ》を兄弟相手について、うまく追っ払っといた。さあ姫君さま、そう恥ずかしそうな顔をなさらず、こちらへ。どりゃ、ご開帳いたしましょう！」

桜丸が牛車の御簾《みす》を上げると、なかには照れくさそうな斎世親王の姿があった。思い焦がれていたひとに会えて、刈屋姫も恥ずかしさが極に達したようだ。若い二人は、にっこりと笑いあったかと思うと、もじもじと袖《そで》で顔を隠してしまった。

その様子を見ていた桜丸は、

「どうも俺たちみたいな下々のものとはちがって、ガバチョ！　と恋のアクロバットに持ちこむってぇわけにはいかないもんらしい」

と気を揉《も》む。「おい八重。真《ま》っ暗闇《くらやみ》にしてさしあげられたらなあ」

「なにをバカなこと言ってるんですか。昼間だといっても、そこはほら、車のなかですもの。ね？」

「ええー。あっさりきっぱりしてるな、おまえ。じゃ、俺はちょっと席をはずすとするか」

と、桜丸は木陰に入った。

「はいはい、こんなときには男は邪魔ってものです。さあ、お姫さま。申しあげたいことがおありならば、遠慮なく宮さまにお伝えなさいませ」

八重は刈屋姫を、斎世親王のほうへやや強引に押しやった。刈屋姫は動揺と恥ずかしさに自身の袂《たもと》をくわえ、ようようのことで言った。

「たくさんの手紙を差しあげてしまいましたが、そのお返事に、『よい機会があれば、会いたいですね』とのお言葉。ありがたくもうれしく、今日この日を待ちわびる思いで、『はしたなく手紙攻勢などするものではないよ』とお叱りを受けにまいりました」

まだ十七歳の斎世親王も、これが初恋だ。どうやって女性に言い寄ればいいか知っているはずもなく、

「この件では、桜丸にずいぶん世話になったんだ。あなたの手紙を読むたび、会いたい気持ちがどんどん……。うん、よく来てくれた。春風が冷たかったでしょう」

と、なんとも要領を得ない。それでも姫は、春風よりも恋の風に吹かれる心地《ここち》で、喜びに身を震わせる。

たまりかねた桜丸が、車の陰ににじり寄って、ぬっと顔を出した。

「ちょっと、おい八重。よく、『相手の立場になって考えろ』というけどさ。いくら高貴なおかただとしても、まどろっこしすぎやしないか？　俺はもうさっきからドキドキしちまって死にそうだ。早くなんとかしてくれ」

「はいはい。ほら、姫さま。『春風が冷たい』と宮さまがおっしゃっておいでですよ。恐れ多いことではございますが、車のなかでちょっと風をしのいではいかがですか」

八重はそう言って、「ごめんあそばせ」と無理やり刈屋姫を抱えあげ、牛車へ押しこんでしまった。

「まあ、なにをするの八重。私などが宮さまと同じお車になんて……」

姫は抗議の声を上げたが、

「はい、これにて閉帳ー！」

と、桜丸がすかさず御簾を下ろす。

牛車のなかから、

「姫、ようやく二人きりになれて、うれしいです」

と、斎世親王の声がした。「お参りの車のなかでこのようなことをしては、罰《ばち》が当たるかもしれませんが……、もう我慢などできない！」

御簾を下ろしたとたんに急速接近したらしき気配だ。「うひょっ」と桜丸と八重は飛びすさった。

「たまんないなあ、八重」

桜丸は身もだえする。「なんかこう、俺も妙な気分になってきた」

「しっ、聞こえますよ。お二人ともご機嫌がよろしいようで、うれしいことじゃありませんか」

「いやもう、ご機嫌がよろしすぎて、俺の下半身方面まで厄介《やっかい》なことになってる。それはともかく、おまえの手柄だ。よく姫さまと行き合えたな」

「あなたが教えてくれたとおり、内裏《だいり》の女官の恰好《かっこう》をして、神主さんのおうちに堂々と侵入を果たしました。そして姫さまのおそばへ寄り、『桜丸の妻、八重でございます』と申しあげましたら、姫さまも待ちかねていらっしゃったようで、『よく来てくれたわ。さあ行きましょう』と、腰元たちをその場に置いて、裏道をそっと通ってこられたというわけです」

「うん、思ったとおりだ。幸い菅丞相さまは、書道の奥義伝授に備え、自宅で精進潔《しょうじんけっ》斎《さい》しておられる。この機を逃すまいと、『母上さまに、神社へお参りしたいとお願いなさい』と姫さまに入れ知恵したり、お供のものたちには水のように賄賂《わいろ》を振りまいたり、このあいだから俺がいろいろ手配しておいたんだ。そうだ、『水』で思い出した。手を洗う水を用意しないと」

「あなたったら、なにをおっしゃるの。あの初《うぶ》なお二人にかぎって、そんなこと……」

「甘い！　手どころか体じゅうを洗う水が必要かもしんないぞ」

「あらま、そこまで進展しちゃうものですか？　それなら、そこの川の水を汲《く》んできましょう」

「いやいやいや、雨あがりで堤がすべりやすい。おまえが転んで怪我でもしたら、俺のこの高まりきった気持ちやらナニやらを、今晩どうすりゃいいんだ」

「やだもう、ばか」

「というわけで、神前の水を汲んでこい」

「それはなんだかまあ、もったいないような気がしますけど……」

「平気平気。『神さまよりも王さまのほうが貴くありがたい』というだろう。斎世の宮さまは天皇の弟君だから、神さまよりちょこっと貴くありがたいって計算になる。

遠慮しなくて大丈夫だって」

桜丸に急《せ》きたてられ、八重は加茂神社へ水を汲みにいった。

あとに残った桜丸が、「やれやれ、ちょっとひと休みしようっと」と思っているところへ、三善清貫が走ってきた。役人や下仕えのものに、捕り物に使う十手《じって》を持たせ、自身も動きやすいよう、装束の袖をまくりあげてくくっている。

「やい、そこにいる桜丸。おまえはさっき、まだ神前に御幣《ごへい》を捧《ささ》げてもいない斎世の宮を、神社から連れだしたそうだな。どこへお供していった。さあ吐け」

せっつかれた桜丸は、とぼけてみせた。

「知らん、知らん。俺のように身分の低いものが、高貴なかたがたのことを関知できるはずもない。ご本人に聞いてくれ」

桜丸がすべてを言い終えないうちに、

「ほざくな」

と清貫が言葉をかぶせてきた。「まえまえから、きさまがなにやら画策していることは聞いているぞ。とりわけ今日は、主上《おかみ》のご病気平癒を祈願する日。そういう神聖な場でふしだらな振る舞いがあったら、親王だろうと皇太子だろうと必ず捕まえて罪に問わねばならん。正直に言わないならば……、ひっつかまえて拷問だ！　さあ、桜丸を縄で縛れ！」

清貫の命令を受け、手勢のものが一斉に桜丸を取り囲んだ。桜丸は油断なく身構え、

「知らんと言ったら、地底深くから天空高くに至るまで、とにかく俺はなーんにも知らん！　あんまり不躾《ぶしつけ》なことをするなら、下手な蹴鞠《けまり》みたいに蹴って蹴って、ついでに踏みまくってやるが、いいのか？　俺、かなり脚力あるほうだけど」

と、両脚をぐっと踏ん張った。顔に似合わず、古木の瘤《こぶ》のような筋肉が隆々と浮きあがる。

「げげげ下郎が、いい気になりおって」

清貫はひるみながらも吠《ほ》えたてた。「さっきから、どうも牛車のなかにひとの気配があるじゃないか。御簾を引きちぎって調べろ！」

指図され、牛車へ近づこうとする下っ端どもの首筋を、桜丸はつかんでは投げ、つかんでは投げした。

「牛車は牛飼いが預かる大切なもの。命が惜しくないものだけ、かかってこい！」

蹴り飛ばし跳ね飛ばし、大奮闘の桜丸だ。しまいには十手をもぎ取り、片っ端からなぎ倒して、清貫とその手勢を追い散らしていく。

物音が遠のいたので、斎世親王と刈屋姫は、「だれかに見られては大変だ」と牛車

から降り立った。「逃げよう」と、なんの準備もないまま、手に手を取って予想だにしなかった旅に出ることにする。どういう理屈か余人には理解不能だが、そこはさすが若気の至りというものだろう。つまり動転し、突発的に駆け落ちしてしまったのである。

そうとは知らず、隙《すき》を見て舞い戻ってきた清貫が、牛車の御簾を引き開けた。

「しまった、本当にだれもいない。『誤認逮捕しようとしちゃった、ごめんね』と、言って通じる相手じゃないし……。どうしよう、桜丸にボコ殴りにされる」

清貫は大急ぎで、人目につかぬ道を選んで逃げだした。

間を置かず駆けてきた桜丸は、斎世親王と刈屋姫の姿が見当たらないので、びっくり仰天《ぎょうてん》。牛車のなかには、斎世親王の書き置きだけが残されていた。

「なになに、『見つかって恥をかくぐらいなら、逃げる』⁉︎」

なんてこったい、と心配で胸ふさがれ、「こりゃまずい、すぐに追いかけてお供しないと！」

と再び駆けだす。すると、神社から戻ってきた妻の八重と鉢合わせした。

「あら、あなた。手を洗うお水を神前で汲んできたわよ」

八重は手桶《ておけ》をちょっと掲げてみせる。桜丸はそれをはねのけ、

「もうもう手ぇ洗ってる場合じゃないんだ！」と叫んだ。「清貫の野郎が、『車のなかを調べる』とか言ってきやがって、『見つけられては』とお二人がどこかへ逃げてしまわれた！」

「どしぇー。そりゃまあ本当に？」

八重もびっくり、がったりと水桶を取り落とした。「だけど、あなたはいったいどこへ行こうっていうの」

「どこへって、そりゃ……。そうだ、姫君はもともと菅原家の養女。実の母親は、河内国土師《かわちのくにはじ》の里におられる、菅丞相さまの伯母君《おばぎみ》だ。まずはそこへ向かいながら、お二人を探してみる。おまえはあの牛車を、斎世の宮のお住まいへ引いていってくれ。ほったらかしにしておいては、あとで咎《とが》めを受けるからな」

「なるほど、わかりました。そうだ、あなたのふりをして、牛車を引いていきましょう。着てるものを貸して」

八重は、桜丸が脱いだ牛飼いの装束を受け取った。「こちらのことはなにも心配せず、行ってちょうだいな」

「ああ、頼んだ」

桜丸は白い砂を蹴立てて、飛ぶように駆けていく。

八重はすぐに夫の白い狩衣《かりぎぬ》を肩に引っかけ、車につながれた牛を方向転換させた。

「うんしょ、こらしょ」

精一杯引っ張るが、牛の歩みはいかんせん遅い。

「ああもう、どんくさい子ね」

今度はうしろから車を押してみたが、ひとところを牛ごとくるくるめぐるばかりで、うまくいかない。

月日も同じようにめぐるものだけれど、今日はものすごく縁起の悪い日にあたっていたのかもしれない。斎世の宮さまと刈屋姫さまにとって大凶の日とか、夫にとってなにごともうまくいかない日とか……。ああ、結婚には不向きとされる「鬼宿《きしゆく》」の日みたいに、私が必死に押す牛車もきしきし軋《きし》んでいる。ううん、気のせいよ。きっと、神さまもよしとされる、最高最上級によいお日柄のはず。どうかどうか、宮さまと姫さまが難を逃れ、すべてうまくいきますように。

そう祈る八重の心は、一点の曇りもなく清明で、一生懸命にまだら模様の牛を追い立てて帰路についたのだった。

筆法伝授《ひっぽうでんじゅ》の段

「根気強さ」と「稽古《けいこ》熱心」と「好き」のうち、「好き」が一番肝心。「好きこそものの上手なれ」とは、書道にかぎらず、あらゆる芸道に通じる金言だ。

菅原道真《すがわらのみちざね》も例に漏れず、忙しい公務の合間を縫って、朝に晩にと好きな書道に打ちこんできた。そのおかげか、皇族や貴族はもちろんのこと、武士や町人に至るまで、道真の書風を慕う門弟は、いまや数えきれないほどだ。

なかでも左中弁平希世《さちゅうべんたいらのまれよ》は、古株の弟子である。「書道の奥義を伝授されるのは、俺《おれ》で決・ま・り！」と勝手に思いこんでいるから始末が悪い。我がもの顔で道真の屋敷に押しかけ、夜も明けきらぬうちからそれらしく文机《ふづくえ》に向かって、煙草《たばこ》だ茶だとえらそうに使用人を呼びつける。

その声を侍女頭が聞きつけ、

「ちょっと、希世さまがご用があるようですよ。だれもいないのですか」

と、控えの間を覗《のぞ》きにきた。屋敷の奥で働く侍女頭のもとまで、希世の大声は響きわたっていたのだ。控えの間にいた侍女たちは、希世をいやがり、だれも腰を上げようとしない。しかたなく、侍女頭は勝野《かつの》という中堅の侍女を選び、用件を聞くために希世のもとへ連れていった。

侍女がなかなか来なかったことに、希世は不服そうな表情だ。

「あーあ、手の皮がひりひりする。こんなに何度も手を叩《たた》いて合図したってのに、しらんぷりとはどういうことですかね。あ、わかった。呼んでも一向に顔を出さないのは、私が毎日来るもんで面倒くさがって、『あいつ、むかつく。無視してぎゃふんと言わせちゃいましょ』なーんて、女同士で示しあわせているからでしょう。ふん。たしかに私は、今日で七日も、ここで習字に励んでますけどね。自分のためだけにやってるわけじゃないんですよ。菅原道真公のご子息、菅秀才《かんしゅうさい》くんは、遅生まれで数え年七歳。書道の奥義を伝授されるには、まだあまりにも幼い。そこで、この希世の出番です。まずは私に奥義を伝授していただき、菅秀才くんが成人した暁《あかつき》には、私から奥義を伝授する、とこういう段取り。ほらね、私につくすのは、あなたがたが仕える菅原家につくすも同然、ということがわかるでしょう。そこをちゃんと飲みこんでいれば、『ほいきた、喜んで！』てな具合に、煙草やお茶ぐらいちゃっちゃと運んでくるはずですよ。だいたいね、侍女頭のあなたの管理がなまぬるいというもんだ」

「これ、勝野」

嫌みったらしい希世の言葉を受け、侍女頭は形ばかり、部下の勝野に言い聞かせる。

「よく心得なさい。あなたたちの不調法《ぶちょうほう》は、結局はこうして私へのお咎《とが》めになるのですからね。希世さまがなにをおっしゃろうとも、『はい、はい』とうかがっておくように。ねえ、希世さま。そういうことでございますよね」

「うんうん、そうだ。よい心構えですよ。毎日毎日、俺がこうして根を詰めているのも、菅原家のためなのだと、そこんとこをくれぐれも忘れずにな。さて、今日もまた、この清書を道真さまにお見せしてくれ」

差しだされた紙を一瞥《いちべつ》し、

「いえ、今日はお許しください」

と、侍女頭は困惑した様子だ。

「許せとは、どうして」

「どうしてって、何度お見せしたところで、菅丞相《かんしょうじょう》さまのお気に召すようなものでは……。いえいえ、もちろん希世さまの筆跡がまずいからではなく、お取り次ぎをする私のやりかたが悪いからかなと思うんですの、ええ。今日は勝野に取り次ぎをさせましょう」

「いや、これこれ、そういうわけにはいかない。書道の伝授は、神道の秘密の作法にも関係してくることだ。その証拠に、精進潔斎《しょうじんけっさい》中の道真さまの部屋に、注連縄《しめなわ》が張ってあるじゃないか。そういう神聖な場へ、つやつやぷるぷるした若い女をやることなどできん。昨日まではお気に召さなかったとしても、今日のこの清書はひと味ちがう。筆先に特別たっぷりと情感をこめ、見事に書の道の真髄《しんずい》まで書ききった傑作。これをご覧になれば、するすると伝授のお許しが出るのはまちがいなし。さ、大いばりで持っていってくれ」

希世が強引に頼みこむので、侍女頭はしかたなく清書を受け取り、勝野を案じつつも、道真に取り次ぐために奥へ入っていった。

「さて」

と、希世は残された勝野に向き直る。「勝野ちゃんや、侍女頭が言った『はい、はい』の件、わかっているか」

「はい、心得ております」

「ありがとう、ありがとう！　幸いあたりにひともいないし、絶好のチャンス。ささ、屏風《びょうぶ》の陰でちゃちゃっと済ませちゃおう」

「すけべ！」

勝野は「はい、はい」の掟《おきて》を即座に破り、希世の手を振り払った。「ヘンなことをなさるなら大声を上げますけど、いいんですか」

「いいとも。騒がれるのがこわいからといって、恋心を止められるものか。恋人よ、いざ俺の胸に！」

「だれが恋人よ！」

と暴れる勝野に飛びかかり抱えあげて、屏風のほうへ連れていこうとする。

「きゃー！　だれか、だれか！」

「ふふふ、『だれか』とはだれを呼んでいるんだね」

「奥方さまー！　若君さまー！　助けてくださーい！」

「ちょっ、ばか！　この局面でほんとに具体的に呼ぶやつがあるか」

揉《も》みあっているところへ、勝野の声が聞こえたのか、道真夫人が息子の菅秀才の手を引いて現れた。希世は、「げげ、まじで来た」と驚き、勝野から手を離す。

「これはこれは、なんともいいタイミングで、よくいらっしゃいました」

どこまでも嫌みったらしい希世だ。「『どうも胸のあたりが差しこんで、痛くてたまらない』と勝野にマッサージを頼まれ、こういう体勢になってる次第でしてね。奥方さまもご存じのとおり、わたくしめはなにごとにも長《た》けておりまして、親も自慢に思い、『世にも希《まれ》な器用者』ってことで、私に『希世』と名づけたぐらいでして。そういう子、たまにいますよね。ほら、若君さまだって、年齢のわりに利発でいらっしゃる。そこで、『秀でた才智』のある菅原家のご子息、『菅秀才』という呼び名になった。ま、そういうことです。ええ、ええ。とはいえ私なんぞは、あんまり器用すぎるのがいけないのか、マッサージにすらうまく漕《こ》ぎつけられないていたらくでして、いまの勝野と私の様子を見て、奥方さまがどう思われたかわかりませんが……」

「言い訳はけっこうです」

希世の長ったらしい「ご高説」を、道真夫人は無難な物腰でさえぎった。「あなたの日ごろの行いはよーく知っていますから、なにも疑っていませんよ」

「ああ、それを聞いて安心しました」

希世は胸をなでおろす。「お騒がせしたついでにお尋ねいたしますが、ご息女の刈《かり》屋《や》姫《ひめ》が、斎世《ときよ》の宮とニャンニャンな間柄だと世間で言われているようですね。私は今日で七日、この菅原家の屋敷に詰めておりますが、ここにはなんの知らせもない。じゃあ、単なる噂《うわさ》なのかと思えば、刈屋姫のお部屋はからっぽ。姫君を探しだして、どういうことなのかと問いつめもしないということは、ご両親公認の駆け落ちかなにかでもなさったんですか」

痛いところを衝《つ》かれ、道真夫人はしばらく返事もできずにいたが、やがて口を開いた。

「隠しても隠しきれず、世間の心ない噂の的となってしまうのも、刈屋姫に関してはしかたのないことです。けれど斎世の宮さまは、姫よりももっと大切なお立場のかた。ひそやかな恋の道を行く牛車《ぎつしや》の車輪がめぐって、ようやくめぐり会えたのも束《つか》の間《ま》。逢瀬《おうせ》が露見したのを恥ずかしく思われ、宮さまは御所へお帰りになることができずにいるのでしょう。とはいえ、重い身分のおかたです。お付きのかたが放ってはおきますまい。また、希世さまも知ってのとおり、娘の実の母親は、河内国《かわちのくに》土師《はじ》村の覚寿《かくじゅ》さまといって、夫の伯母《おば》さまにあたるかた。私たち夫婦のあいだに、まだ子どもがいないころに、お願いして養女にしました。刈屋姫がこの屋敷へ戻ってこないからには、きっと伯母さまのところへ行ったにちがいないと気づき、私、こっそり調べるよう、ひとをやりましたの。この件は、道真さまにはあえてなにもお伝えしておりません。主上《おかみ》のご命令で書道の奥義を伝授するため、参内《さんだい》もせず、世間の噂もなにもご存じないまま、七日間も精進潔斎しておられるんですもの。でも、伝授を終えられ、今回のあれこれをお聞きになったら、さぞかしびっくりされるだろうと思うと……。あちこちの事情を案じて気を揉む、私の苦しい気持ちを察してください」

道真夫人は、心労はなはだしい様子で言うのだった。

私用で使う玄関に詰めている取り次ぎ役が、手前の部屋へやってきてかしこまった。

「『以前、この屋敷で働いていた武部《たけべ》源蔵定胤《げんぞうさだたね》を探せ』との道真さまのご命令で、ほうぼうに尋ねておりましたところ、やっと見つかりまして、ただいま源蔵夫婦が来ております。こちらへ通しましょうか」

「ああ、待ちかねていました！　早くここへ来るように言っておくれ」

と、道真夫人は喜んだ。「菅秀才や。母が源蔵に会うあいだ、この部屋にいても退屈するでしょう。勝野と一緒に奥へ行って、機嫌よく遊んでいてちょうだい。希世さまも、しばらくのあいだ……」

希世は道真夫人の意向を察し、

「おお、ここにいるのが邪魔ならば、別室に行っていましょう」

と、菅秀才と勝野のあとにつづいて、屋敷の奥にある部屋へと去っていった。

夫婦は二世の契《ちぎ》りだが、主従の契りは三世にわたるという。それぐらい重い主人の恩をわきまえず、武部源蔵はかつて、同じ屋敷で働く戸浪《となみ》とひそかな恋に落ちた。そのせいで道真の不興を買い、屋敷を追いだされた二人は、貧乏な浪人暮らしをしている。

いまは夫婦となった源蔵と戸浪は、みすぼらしい姿で部屋に足を踏み入れた。再び屋敷に呼んでもらえる日が来るなどとは思ってもおらず、「ああ、なにも変わっていない」とうれしくなつかしく、室内の様子を眺める。しかし同時に、膝《ひざ》が震え、遠慮がちな物腰だった。主人に仕える身でありながら、同僚と恋仲になってしまった過去の過《あやま》ちを思うと、気おくれがしたからだ。

　源蔵と戸浪は、座って待ち受ける道真夫人を目にするやいなや、恐縮して飛びすさり、ひたすらにひれ伏した。そんな二人に、道真夫人は鷹揚《おうよう》に声をかける。

「ひさしぶりですね、源蔵、戸浪。我が夫の気持ちに背《そむ》き、あなたたちがこの屋敷から出ていくことになったのは、もう四年はまえのことだったか……。夫はふだん、慈悲の心にあふれ、ひとをお見捨てになるということがないですが、そのぶん潔癖で頑固でもある。一度決めたら、どんなことでも思い直さないかた。私にはどうにもできず、おまえたちを案じるよりほかなかった。でも、このたび夫は、源蔵になにやらご用がある様子。いえ、心配することはない。きっといいお知らせですよ。ああ、私ばかりがしゃべってしまって、夫がさぞ待ちかねているでしょう。だれか、『源蔵夫婦がまいりました』と奥へお知らせして。さあさあ、二人とも顔を上げて、もっと近くへ……。ああもう、遠慮はいりません。ほら、近くへ来て、顔をよく見せておくれ」

　浪人としての苦しい暮らしが、数年に及んだためだろう。源蔵は昔の面影もなく、下々のものが着る粗末でむさくるしい着物を身につけている。それに比べて、妻の戸浪が刺繍《ししゅう》と箔《はく》の入った小袖《こそで》を着ているのは、さすがに女性のたしなみといったところか。道真夫人は二人をしみじみと眺め、

「どうしていたの？　もう子どもはいる？」

などと優しく尋ねた。

「なんというありがたいお言葉……」

と、戸浪は涙ながらに言う。「ご主人さまの目を盗んで恋をした罰《ばち》が当たり、たいそう苦しい生活を送っておりました。私たち夫婦の着替えも、一枚を売り、二枚三枚を売りと、日々の生活費に消えてしまい、奥方さまがくださったご恩を忘れぬためにと、やっとの思いで手もとに残したのが、この小袖でございます。かつては鼈甲《べっこう》の簪《かんざし》を挿したものですが、二人して必死に働いても、いつのまにか木の櫛《くし》を挿すありさまとなり果て……。夫は木綿《もめん》の綿入れのうえに、糊《のり》の利いていない麻の肩衣《かたぎぬ》と袴《はかま》をつけておりますが、これすらも一日だけレンタルしたもので、お恥ずかしいかぎりです。高貴なご身分のかたがご存じないような、私たちの生活苦を打ち明けることになりましたのも、身から出た錆《さび》というもの。錆びてはいても、刀だけは売り払わずに今日まで食いつないだのは、武士である夫の意地。それをご覧になった神仏が、ご加護をく

ださったおかげでしょう」

源蔵もまた涙を流し、

「妻が申しあげましたとおりです」

と言った。「こんなざまになりますと、昔の不義と気ままな振る舞いがいっそう身に染《し》みて感じられます。いまの苦しみも、考えてみれば、ご主人さまから受けて当然の罰。悔やんでも悔やみきれないことをしでかしたものです」

そのとき、侍女頭がやってきて、

「ご主人さまのお部屋へは、源蔵どの一人で来られるようにと。ご用が済んで合図があるまで、奥方さまもいらっしゃってはならぬ、とのことでございます」

と、道真の言いつけを取り次いだ。

「そう、わかりました。源蔵は侍女頭と一緒に、道真さまのところへお行きなさい。戸浪はこちらに」

道真夫人は戸浪を伴い、奥へ入っていく。

お呼びのかかった源蔵は、うれしくもあり、怖くもあった。侍女頭が道真の部屋の襖《ふすま》を開け、源蔵は緊張しつつ、一人でなかへ入った。

室内には、うやうやしく注連縄が張ってあった。置かれている文机も、いつもとはちがう白木のものだ。そして、ああ……！　文机をまえに、道真がにこやかな表情で座っている！　なんという威厳。なんという神々《こうごう》しさ。恐縮と敬愛の念が極まり、源蔵の全身からどっと汗が噴きだした。綿入れのみならず、肩衣までも汗に濡《ぬ》れ、絞れそうな勢いだ。

そんな源蔵を道真は黙って眺めていたが、ややあって口を開いた。

「やむをえない事情により、おまえの行方《ゆくえ》を探していたのだ。どこに住んでいるかもわからなかったが、ようやく昨日、家が見つかり、こうして会うことができてよかった。おまえは幼いころから私に奉公し、書道を好んでいたな。好きだからこそか、よく稽古し習い覚えて、みるみるうちに上達した。兄弟子《あにでし》たちを追い抜くさまを見て、『これは見事な字を書くようになるだろう』と私も期待していたのだが、思いがけず主従の縁も切れ、いまやその姿。筆を持つこともない毎日なのではないか」

「お返事をするのもずうずうしいことですが」

と、源蔵はおおいに恐れ入った。「元服まえから、おそば近くで使っていただいた身。『文字を上手に書くことは、芸のなかでも最高の芸。よく書き、よく習え』とのご意向どおり、奉公の合間に書道を習い覚えました。いや、覚えたなどと申すのも口はばったく、ミミズがのたくったような字ではありますが、それでも『芸は身を助ける』というもの。浪人となってからは、鳴滝《なるたき》村で子どもらを集め、手習いの指導をして今日まで過ごしてまいりました。私たち夫婦の命は、筆に助けられたのです。とはいえ、生徒の清書に、毎日のように正確な字と筆運びを書いてやりましても、私の筆跡が上達するわけでもありません。お尋ねいただけばいただくほど、我が身の不器用さと、ご主人さまから勘当《かんどう》されたことを悔やむばかりです」

源蔵の嘆きに、道真はじっと耳を傾けていた。

「子どもに教えるのは、いい仕事ではないか。書道という芸のおかげで、神仏のご加護を得て、生計を立てられているのだな。おまえの言葉に嘘《うそ》がないならば、筆跡も変わってはいるまい。試してみるまでもないとは思うが、ちょっとここに書いてみなさい。そのあとで、私がなにを考えているのか話してやろう。手本として、漢字と平仮名で詩歌を書いておいた。それを見ながら、さあ」

道真は源蔵のほうへ白木の文机を寄せた。源蔵はといえば、「はっ」と答えたものの恐れ多く、文机に近づくどころかあとずさりする。

性根の悪い希世が、物陰からずずいと現れた。

「話は全部立ち聞きした！　やい、源蔵。お師匠さまになにを命じられようとも、さっさとお断りして出ていくのが、弟子として勘当されたおまえの立場というものじゃないか。それなのに、なんだ？　両手をついて目をぱちくり、ヒキガエルの物真似《ものまね》などして。おまえまさか、『書いてみよっかな』とでも思ってるんじゃあるまいな。フツーできないぞ、そんな図太いこと」

希世の突然の出現に、源蔵はやや困惑したが、

「昔なじみとしてのご忠告、ありがたいかぎりです」

と頭を下げた。「希世さまのお言葉どおり、役立たずの私ですが、分《ぶ》はわきまえているつもりです。『書け』とご主人さまより渡されたお手本、ご命令どおり書いていいものなのか、どういうご事情があるのかもわからず……。この四年、田舎《いなか》に住んでいた身。『質の悪い墨と安物の筆で、請求書や反古《ほご》の裏に書け』というご命令でしたら、おじけづくこともないのですが、立派な文机、高級な墨と筆、上質の紙をまえにして、腰が引けてしまっております。一字一点すら、とても書けるものではありません」

「ふん、身のほどは知っているようだな。だが、書けぬと言いつつ、なぜ立って部屋を出ていこうとしない」

「そう、そこなんですが、希世さまにお願いがあるのです。私は勘当された身ですが、本日こうして、ご主人さまからお声がけいただいた。それに甘え、もとの主従、師弟

へと戻してくださるよう、ご主人さまへ取りなしていただけませんか」

「ふうむ、なるほど。俺からもお詫《わ》びをお伝えし、取りなしてやってもいいが、いまはだめだ。というのも、現状をざっくり説明するとだな。このたび主上は、『いつ、だれの命がつきるかもわからぬ世の中。老若にかかわらず、生と死からは逃れられぬものだが、まあ年寄りから死ぬのが順当。菅丞相は、当年とって五十二歳。天命を知るという五十も過ぎた』と、おっしゃってな。『道真の書道は唐土《もろこし》でも賞賛されているが、これまでその奥義を伝授された弟子はいない。一代かぎりで絶えるのは残念だから、すぐれたものを選んで伝授せよ』と、こういうわけだ。つまり、道真さまは主上のご命令を受け、七日間の潔斎をしているところで、とてもお忙しい。伝授が済んでお手隙《てすき》になったころに、勘当を解いてくださるようお願いしてやるから」

「はあ、そういうことでしたか。たしかに、大変喜ばしい主上のご命令ですね」

「おまえなどに言われるまでもなく、喜ばしいし忙しいの。ささ、わかったら早く帰れ」

　希世は源蔵を急《せ》かしたが、

「いや、源蔵。座っていなさい」

と道真が言った。「命じたとおり、手本を見て、いますぐ書くのだ」

道真の重ねての要求に、源蔵は喜んで文机に近寄った。希世は腹を立て、源蔵をにらみつける。

「きさま、兄弟子に遠慮もせず、でしゃばって書こうというのか」

「お笑いになっても、もう恥ずかしくありません。失礼」

源蔵は希世を気にせず、手本を取って押し戴《いただ》くと、物怖《ものお》じせずに墨を摺《す》る。安墨とは段違いのかぐわしい香りと色合いに、書の道のありがたさが改めて胸に迫ってきた。

希世は源蔵のそばににじり寄り、

「おまえのような横着者《おうちゃくもの》は、手本のうえに紙を置いて、なぞり書きをするかもしれん。ズルをしても、俺は見逃さないぞ」

と監視の目を注いだ。「おい、いまの恥ずかしい姿を、なんとも思わないのか？ドテラのうえに汚れた袴。そんな恰好《かっこう》で文机に向かってると、貧乏寺でちまちまと寄《き》進《しん》の帳簿をつけてるみたいに見えるぞ。『恥と頭はいくらでもかける』というが、でたらめな文字を書くなよ」

言葉で心理的に揺さぶりをかけるだけでなく、偶然を装って文机を動かしたり源蔵の肘《ひじ》に触ったりと、物理的にも邪魔をする。

姑《こ》息《そく》な希世にかまわず、源蔵は手本の詩歌を気持ちよく書き終えた。完成した書が載った文机を道真のまえに戻し、自身は少し距離を置いて平伏《へいふく》する。
道真は源蔵の書を手に取った。
「これは私が作った漢詩だ。
鑽沙《いさこをきる》草《くさは》只《ただ》三《さん》分計《ぶんばかり》（春草がわずかに地より顔を出し）
跨樹《きにまたがる》霞《かすみ》纔《わずかに》半段《はんだん》余《あまり》（白霞はかすかに樹木にたなびく）

そしてこれは、柿本人麻呂《かきのもとのひとまろ》が詠んだ歌。

きのふこそとしはくれしがはるがすみかすがのやまにはやたちにけり
（昨日が大晦日《おおみそか》だったというのに、今日はもう春日山《かすがやま》に春の霞がかかっているなあ）

どちらも早春の心を歌ったものだ。平仮名といい漢字といい、これ以上見事な書はない。実によく書けている。そもそも書道の奥義というのは、『永字八法』と『筆格十六点』にある。つまり、点と線の基本となる八つの書法は、『永』の一字に詰まっているし、点の書きかたには十六通りあるということ。そのいちいちを挙げるまでもなく、人々もよく知っているところだ。私が感得した菅原流書道は、神道に基づき心を伝えるもの。七日間の潔斎も今日で満願、神のご意向にもかなう源蔵の筆跡」

たいそう喜ぶ道真を見て、源蔵もうれしさがこみあげた。

「ああ、もったいない。ありがとうございます。私に奥義を伝授してくださったからには、勘当も解け、以前のように『ご主人さま』と呼ぶのをお許しいただけるということですよね」

「だれが主人だ」

道真はキッと源蔵に向き直る。「伝授は伝授、勘当は勘当だ。ほかならぬ主上のご命令だからこそ、不届き者とはいえ、書にすぐれたおまえを呼んだまでのこと。私の怒りは解けぬが、書の道を大切に思う気持ちは、それとはまたべつ。『勘当した元弟子に書道の奥義を伝授した』と主上のお耳に届いても、えこひいきだとはお思いになるまい。希世も、書に対する私の思いを疑うなよ。勘当はそのまま。私と源蔵は主人と家来ではない。よって、もう二度と会うこともない」

道真の鋭く厳しい声は、焼けた鉄となって源蔵の臓腑《ぞうふ》に刺さるかのようだった。

「道理にかなったお言葉ですが」

と、源蔵は泣いて訴えた。「でしたらどうか、伝授はほかのかたへお願いします。それよりも私は、勘当をお許しいただきたいのです」

希世も、ここぞとばかりに源蔵の肩を持つ。

「源蔵が嘆くのももっともです。勘当を許されずに伝授だけされても、誉《ほま》れにはなりません。彼の願いも私の望みもかなう方法として、伝授と勘当を取り替えるという手があります。ぜひ、私に伝授を、彼に勘当取り消しを！　いい考えだと思うんですけれどねえ」

熱弁を振るう希世をよそに、屋敷に仕える事務官がやってきて、

「『急ぎの用件があるので、すぐに参内するように』と、宮中から使いが来ております」

と言った。

「潔斎七日目が終わらないうちにご用とは、どういうことだろう」

道真は不審そうに立ちあがり、「供のものに、準備をするよう伝えよ」

と命じて、着替えをするために部屋を出ていった。

道真が参内すると聞き、夫人が見送りに出てきた。打ち掛けの下には、戸浪を隠している。せめてこっそりと、戸浪に道真の顔を見せてやろうという心づかいだ。

「希世さま、書道の伝授はかなわなかったそうで、残念でしたね。その点で幸せなのは源蔵ですが、勘当は許されなかったとか。そうすると、源蔵がこの屋敷に出入りするのも今日で最後。それで私、あれこれ考えまして、ご参内を見送りがてら、ほら……」

希世にばれぬよう、道真夫人は源蔵に目くばせし、打ち掛けで覆い隠した戸浪の存在を知らせた。源蔵と戸浪は道真夫人の親切に感じ入り、そっと涙を拭《ぬぐ》う。

着替えを終え、気高く正装した道真が部屋に入ってきた。書道の奥義が記された、伝授の巻物を源蔵に渡す。勘当は解けぬままといえど、書の道に邁進《まいしん》してきた源蔵にとって、とりあえずは面目が立った瞬間だった。

ちなみに、「手習いの神さま」として、いまも菅原道真が寺子屋で崇《あが》められているのは、寺子屋教師の源蔵が、このとき道真から書道の奥義を伝授されたがゆえなのである。

「さあ、伝授が済んだからには、対面もこれまで。立て、早く立たんか。さっさと帰るがいい」

道真は源蔵を急きたてた。希世も尻馬《しりうま》に乗り、

「おい、源蔵。泣きべそをかいても無駄だ。腰が抜けて立てないというなら、俺が引

きずりだしてやる」

と詰め寄る。

「手荒なことはなさらないで」

道真夫人は希世を止めた。「主従の縁が、ここで完全に切れてしまうのですもの。立てなくなるほど嘆くのも、あたりまえではないですか。さあ、源蔵。泣くのをやめて、おいとま乞《ご》いをなさい」

そこで夫人は小声になって、「ほら、よくご覧なさい」と戸浪にも言い、打ち掛けの褄《つま》を少し開いた。戸浪は着物の隙間からそっと顔を覗かせ、道真の姿を目に焼きつける。

道真は、夫人の打ち掛けの下から戸浪が見ていることに気づいたが、素知らぬ顔で部屋を出ていこうとした。するとどうしたことか、冠が脱げ落ちた。反射的に冠を手で受けとめた道真は、

「自然に脱げるとは……」

と、なにやら不吉なものを感じた。

「源蔵が勘当を許されず落涙しているから、冠も落ちたのではありませんか」

夫人がそうフォローしたが、

「いやいや、そうではないだろう」

と道真は一蹴《いっしゅう》し、冠をもとどおり頭に載せて、宮中へと向かった。「参内したら、冠がなにを暗示していたのかはわかるはず。とにかく、源蔵を早く家へ帰しなさい」

希世は正装した道真の威厳に気押され、こわごわと見送りに立つ。源蔵は勘当された身の悲しさ、希世のようにあとをついていくわけにもいかず、必死に伸びあがって、道真の背中を目で追った。しかし、御簾《みす》にさえぎられ、衝立《ついたて》が邪魔となって、うしろ姿はすぐに見えなくなった。それすらも天罰かと感じられ、源蔵はとうとうこらえきれず、その場に身を伏して男泣きした。

戸浪の後悔は夫以上だ。

「あなたはご主人さまからお言葉を頂戴《ちょうだい》し、間近でお顔をご覧になったじゃありませんか。奥方さまの打ち掛けにひそんでいた私は、じっくりお顔を拝見することもかないませんでした。それを思いやってもくださらないで、勝手に一人で泣いたりして。同じ恋の罪といっても、あなたはまだしも幸せです。女は罪業《ざいごう》が深いと言いますが、いったいどんな理由で深いのかしら。ご主人さまとちゃんとお会いすることもできないなんて、ああ、女になど生まれるんじゃなかった」

道真夫人のまえだということも忘れ、とめどなく涙をあふれさせる。なんとも哀れでいじらしい戸浪なのだった。

見送りを終え、希世がのそのそと部屋に戻ってきた。

「まだ源蔵を帰していないとは、奥方さま、呑気《のんき》すぎますぞ。一刻も早く追いだせと、道真さまが重ねて命じられたというのに。……ま、私の一存で、ちょっと目こぼししてやってもいい。その代わりと言っちゃあなんだが、源蔵くんよ。伝授の巻物をちょっと持たせてくれないかな。いや、なかを読みたいなんていう、だいそれた望みはない。書道のご加護にあやかるために、一瞬捧《ささ》げ持つだけだから」

源蔵はしかたなく、懐《ふところ》から巻物を取りだした。そのとたん、希世は巻物をひったくり、超特急で逃げていった。「そうはさせるか」と源蔵は追いかけ、希世の襟《えり》をむんずとつかむと、背負い投げに持ちこむ。

泡を吹いて倒れる希世から、無事に巻物を取り戻し、源蔵は刀を抜きかかった。

「この、ひったくり！　ずうずうしい白昼の空き巣野郎め。ちょっとでも動いたらぶっ殺すぞ！」

「まあ、源蔵。乱暴はいけません」

道真夫人はあわてて声をかけた。「戸浪、源蔵を止めてちょうだい」

「くそ、おまえなぞを助けたくもないが」

源蔵はなおも怒りに身を震わせていたが、道真夫人に止められたからには、聞き入れざるをえない。ややあって呼吸を鎮めた。

「寺子屋で悪いことをした子には、文机でお仕置きをするんだ。なあ、戸浪」

夫の意を汲《く》み、戸浪が源蔵に文机を渡す。源蔵は希世に文机を背負わせ、希世の両手を引っ張って、文机の足に装束《しょうぞく》の紐《ひも》でしっかりとくくってしまった。希世は文机に縛りつけられ身動きも取れず、身分にそぐわぬ姿となった。

「盗みをしやがるやつには、躾《しつけ》が必要だ。寺子屋の教師はヘラで叩くと相場は決まっているが、ここは扇《おうぎ》で代用するとしよう。さあ、歯を食いしばれ！」

源蔵は、閉じた扇で希世の頬《ほお》を思いきり殴りつけた。文机ごと床に転がった希世の、痛みと屈辱は極に達したが、ここは命を死守することが先決だ。恥と一緒に文机も背負ったまま、希世はほうほうの体《てい》で逃げ帰っていった。

源蔵夫婦は、道真夫人のまえで手をついた。

「宮中でのご様子をうかがってから帰りたいところですが、あまりお屋敷に長居をするのも恐れ多いこと。奥方さま、どうか私たち夫婦をお見捨てにならないでくださ い」

「それはもちろん」

と、道真夫人はうなずいた。「せめて一晩、泊まっていってほしいけれど……。『命あっての物種《ものだね》』といいますから、お互い生きてさえいれば、また会うこともあるでしょう。本当にもう帰ってしまうの？」

「はい。行かなければなりません」

戸浪は満ち潮もかくやと涙を流し、袖を海のごとく濡らす。磯《いそ》に打ちあげられた海草のように、夫婦はしょんぼりした様子で、泣く泣く屋敷の門を出ていった。

築地《ついじ》の段

武部源蔵《たけべげんぞう》夫婦と入れ違いで、菅原道真《すがわらのみちざね》に仕える梅王丸《うめおうまる》が、屋敷へと息を切らして走ってきた。門の敷居につまずいて転び、起きあがるのももどかしそうに、

「おーい、屋敷のお侍たち！　早く来てくれ、一大事だ！」

と怒鳴る。「鉄の棒やら、さきの割れた竹やらを持った検非違使庁《けびいしちょう》の役人どもに、菅丞相《かんしょうじょう》さまが取り囲まれた！　いや、罪状はわからん。とにかく、こっちへ向かってきているんだ。奥方さまにお伝えしてくれ」

屋敷じゅうが騒然となるなか、梅王丸の言葉どおり、棒を手にした役人たちが門外

に現れた。道真を輿《こし》にも乗せず、前後を挟んでいる。役人の先頭に立つのは、藤原時《ふじわらのとき》平《ひら》の一味、三善清貫《みよしのきよつら》だ。

「斎世《ときよ》親王と刈屋姫《かりやひめ》は、加茂川《かもがわ》の堤《つつみ》で行方《ゆくえ》知れずとなった。詳しい事情を調べたところ、親王を皇位につけ、娘の刈屋姫を皇后に立てようという、菅丞相の以前からの企《たくら》みがあったと判明した。よって、菅丞相は流罪！　流刑地がどこかは、追って知らせる。それまでは自宅に押しこめておき、出入り口はすべてふさぐこととする。門の警固は、我が家来の荒島主税《あらしまちから》に申しつける」

清貫の宣告を聞き、道真夫人はつらくてたまらず、人目を恥じることも忘れて夫に駆け寄った。

「道真さま、これはいったいどうしたことでしょう。潔斎《けっさい》期間中のことゆえ、刈屋姫の件についてはなにも知らないと、なぜ申し開きをなさらないのですか。罪もない身を流刑に処するとは、主上《おかみ》のご命令とはいえ納得がいきません。なんとも恨めしいこと……」

すがりつかんばかりに嘆く夫人を、

「取り乱すな」

と道真はたしなめた。「無実にもかかわらず咎《とが》めを受けても、主上を恨んだりしてはいけない。私のような老臣のつたない筆跡をも惜しまれ、『書道の奥義を伝授せよ』とじきじきのご命令をくださったかたなのだから。昨日までは主上のお心にかない、今日は逆鱗《げきりん》に触れてしまったとしても、それもすべて運命というもの。さきほど冠が落ちたのは、殿上人《てんじょうびと》としての籍を抹消され、無位無官の身となる予兆だったのだ。いまさら後悔するのは愚かなことではないか。すぐに流刑地へ行かねばならないわけでもなし、見苦しく嘆くのはやめなさい」

この状況を見て、文机《ふづくえ》からようやく脱出できたらしい左中弁平希世《さちゅうべんたいらのまれよ》が近づいてきた。書道の師である道真の危機に駆けつけたのかと思えば、そうではない。

「やあ清貫どの、ご苦労さんです。道真めの事情、すべて聞かせてもらいました。いやあ、こんなとんでもないやつ、もう師匠でもなんでもない。弟子のほうから縁を切ってやりますよ。今後、私の主人は時平《しへい》公ただお一人。私は道真の仲間なんかじゃないってこと、時平公にくれぐれもよろしくお伝えください」

「了解した。ご心配なく」

清貫はうなずいた。「法に則《のっと》り、菅丞相を自宅へ追い入れ、門を封鎖せよ！」

「ははっ」

荒島主税が振りあげた割れ竹を、

「その役目は私にお任せください」

と、希世が横からかすめ取った。「よおよお、謀反人《むほんにん》さんよぅ。もう手加減はしないぞ。へいこらしていた俺《おれ》とは、ひと味ちがうってところを見せてくれる！　なんたって私は、時平公の家来になったんだからな！」

道真を打ちのめそうと、希世は割れ竹を振りかぶる。そこへ、怒りに燃えた梅王丸が突進してきて、希世を突き飛ばした。希世は八、九メートルほども宙を舞い、どうと落下した。

「ななな、なにをする！」

希世は体を起こし、わめき立てた。「下賤《げせん》の身で、無礼ではないか！　でしゃばりおって、おまえも一味として捕まえられたいようだな」

「下賤？　無礼？」

梅王丸は大笑いした。「どの口が言うんだ、腹がよじれちまうからやめてくれ。あんたいま、その割れ竹を振りあげて、だれを殴ろうとした？」

「そ、そこの謀反人をだ」

「謀反人？　だれのことだよ、ご恩を忘れたひとでなしめが！　菅丞相さまがお許しになっても、俺が許さん。きさまをぎったんぎったんにしてやる！」

再び希世に飛びかかろうとする梅王丸の手を、道真がつかんで引き寄せた。

「梅王、余計なことをするな。私が罪人という立場になったのは、主上のご命令によるところ。希世のことは放っておけ。そのほかのものにも、手出ししてはならん。それは恐れ多くも、主上に手出しをするのと同じだからだ。梅王はもちろん、屋敷のものよ、みなよく聞け。主人たる私の言いつけに従わぬというなら、七回生まれ変わっても勘当《かんどう》する」

希世はこれを聞いて気が大きくなり、

「やい、梅王。殴れるなら殴ってみろ。口ばっかりの意気地《いくじ》なしが」

と挑発した。梅王丸は悔しさをこらえ、黙って耐えるほかない。

荒島主税をはじめとする役人たちは、道理が通じず情もない輩《やから》ばかりだ。道真は抵抗もせず、なんとも痛ましいことに、追い立てられるまま屋敷に入っていった。道真夫人や梅王丸も、道真のあとに従い、屋敷に押しこめられてしまった。

用意されていた閂《かんぬき》やら鎹《かすがい》やらが、屋敷のあちこちにある門に打ちつけられた。小さな門や水門も含めて、瞬《また》く間にすべての出入り口をふさがれ、屋敷はものものしく忌《い》まわしいムードに包まれた。

清貫は作業の成果を確認し、

「よしよし。道真め、いい気味だ」

と満足そうにうなずいた。「出入り口はこれでいいとして、築地塀《ついじべい》を乗り越えるかもしれん。主税、油断なく見張っていろ。さあ、日も暮れてきた。希世どの、帰ろうか」

清貫と希世は門のまえを離れ、連れだって歩きはじめる。十メートルちょっと進んだところで、武部源蔵が塀の陰から突如現れた。源蔵夫婦は、屋敷からの帰りがけに騒動に気づき、物陰にひそんで様子をうかがっていたのだ。源蔵は希世に一発食らわせて気絶させると、あわてふためく清貫をついでに投げ飛ばした。

警固のものたちが驚いて、

「暴れてるやつがいるぞ！　取り押さえろ、縛れ、殺せ！」

と押し寄せてきた。源蔵は脇差《わきざし》を戸浪《となみ》に渡し、自身も刀に手をかけて、「近寄るなら、斬《き》る！」という覚悟を見せる。

希世はようやく意識を取り戻し、

「ぬうう、源蔵め！」

と立ちあがった。「一度ならず二度までも、俺をひどい目に遭わせやがって。きさまの所業は、主人の指図によるものと受け取られて、道真は流刑ではなく死刑になる……」

源蔵はみなまで言わせず、

「聞いたか、戸浪。物覚えの悪いまぬけ野郎は、これだから困る」と嘲笑《あざわら》った。「『伝授はするが、勘当は許さない』と道真さまはおっしゃった。つまり、俺には主人はいないのさ。梅王は道真さまにお仕えする身だから、言いつけに従って、おまえに歯向かわなかった。だが、必死に辛抱《しんぼう》する梅王を見ていたら、かわいそうでな。代わりに俺が、おまえらをぶん投げてやったまでだ。せっかくだから、全員撫《な》で斬りにしてやるか」

源蔵と戸浪は刀を抜き、勢いよく振りまわす。太刀風《たちかぜ》のものすごさに、腰抜け侍もへなちょこ公家《くげ》も吹き飛ばされ、我先にと散り逃げていった。

あたりから敵がいなくなり、源蔵夫婦は夕闇《ゆうやみ》に紛れるようにして、屋敷の門前に引き返した。門をとんとんと叩《たた》くと、内側から、「だれだ」と声がする。

「その声、梅王か」

「そう言うあなたは、武部源蔵どのか」

「『どの』などと、のんびり敬称をつけている場合か。おまえのような若い衆が、油断していてはならんぞ。門を踏み破って、ご主人さまたちのお供をし、この場を逃れることはたやすい。しかし、おまえも知ってのとおり、道真公は道義を重んじるおかただ。脱出しようと申しあげても、『うん』とはおっしゃらんだろう。とはいえ、このままでは、讒言《ざんげん》したものたちの謀略によって、菅原家断絶の憂き目に遭う恐れがある。そこで、まだ幼い若君、菅秀才《かんしゅうさい》さまを、私たち夫婦がお預かりしよう。いい方法を思いついたんだ。おい梅王、若君を築地塀のうえからこっそりと……」

「なるほど！　いい方法です、源蔵どの。『せめてお家の存続のため、若君の脱出を』とご主人に申したところで、了承は得られまい。このうえは、若君さまをこっそり盗みだし、お家再興の日まで匿《かくま》うのが菅原家のため」

「そのとおり。のみこみが早いな、梅王。一刻も早く、この場を去りたい。頼むぞ」

と源蔵が言い終わらぬうち、梅王丸が築地塀のうえから顔を覗《のぞ》かせた。心急《せ》く様子で、菅秀才を抱いている。菅秀才は、血色がよく整った顔立ちで、咲き初《そ》めの花のような幼子《おさなご》だ。

「大切な若君です。怪我《けが》をさせないようにお願いしますよ」

「わかった」

と源蔵は手を差しだしたが、築地塀は高く、背伸びをしても届かない。そうだ、と源蔵は戸浪を抱えあげる。戸浪の手が塀のてっぺんに届き、梅王丸から菅秀才を受け取ることができた。

菅秀才を抱いた戸浪を地面に下ろし、源蔵はホッと息をつく。塀のうえで見守っていた梅王丸も、菅秀才を無事に屋敷から脱出させることができ、ひとまず安堵《あんど》した。閉ざされた門に隔てられようと、忠臣二人の思いはひとつ。なんとしても若君を守り抜く。

屋敷の警固にあたっていた荒島主税が、源蔵たちを目敏《めざと》く見つけた。

「『盗っ人は暇だが、見まわるほうは忙しい』という諺《ことわざ》は本当だな。夜も更《ふ》けぬうちから家を覗く空き巣狙《ねら》いと、それを家のなかから手引きする共犯者め。菅秀才を盗みだしたやつがいること、清貫さまや時平公にご報告せねば」

駆けだす主税のまえに、源蔵が立ちふさがった。

「行かせるものか！」

刀を抜き放ち、源蔵と主税は激しく斬り結ぶ。梅王丸は手に汗握り、築地塀のうえから戦いを見守った。その目のまえで、荒島主税が正面から額を割られて倒れこむ。

「もう死んでるから、とどめは刺さなくて大丈夫です。さあ早く行ってください！」と、梅王丸がうながした。菅秀才を盗みだした源蔵と戸浪は、からくも窮地を脱することができたのだった。

「源蔵どの、戸浪さん。どうか若君をお願いします！」

「屋敷におられる道真さま、奥方さまのことは、おまえに頼むぞ、梅王！」

「はい！」

走り去る源蔵夫婦、見送る梅王丸。忠実な臣下の手によって救いだされた菅秀才の運命も、栄光ある菅原家に立ちこめた暗雲の行方も、いまはまだだれも知らない。

だが、ひとつだけ言えることがある。かれらの忠義をこうして書き伝えられるのは、一介の寺子屋教師である源蔵に、書道の奥義が伝授されたおかげだということだ。源蔵が書道に秀でていたからこそ、我々はいま、寺子屋で文字を習うことができる。そして我々が文字を知ったからこそ、源蔵をはじめとする、本来なら名もなき人々、しかし生きるうえでの手本となる人々の物語を、長く後世に書き残すことができるのだ。

二段目

道行詞《みちゆきことば》の甘替《あまいかい》

「さあさあチビッコたち、買った買った。飴《あめ》細工の鳥だよ、おいしいよ。鳥がいやなら、水飴もドロップもあるよ。泣く子の口には、漢方入りの飴を放りこんじゃう。各地名産の飴や、金運が上がる飴なんてのは、まあ自力で行って買ってきて。そんなものより、おすすめは桜飴。こいつは俺《おれ》のお墨付き。さあ買った買った、桜飴いらんかね〜」

「桜、桜」と、自分の名を連呼しながら飴を売り歩くのは桜丸《さくらまる》だ。斎世《ときよ》親王の牛車《ぎっしゃ》を引いていた、あの桜丸である。顔を見られぬようほっかむりをし、木綿《もめん》の頭巾《ずきん》をかぶっている。羽織りも袖《そで》なしで、身分の低いものの恰好《かっこう》だが、忠義の心はだれにもひけを取らない。

加茂川《かもがわ》の堤《つつみ》から駆け落ちした斎世親王と刈屋姫《かりやひめ》を探し求め、桜丸はとうとう二人に追いついた。しかし、一日二日なら自宅に匿《かくま》うこともできようが、それ以上となると無理だ。どうしたものかと考え、河内国土師《かわちのくにはじ》の里に住む、菅原道真《すがわらのみちざね》の伯母《おば》を頼ることにしたのだった。この伯母は、刈屋姫の生みの母でもある。きっと力になってくれるはずだ。

本来なら、牛飼いの桜丸は牛車の供をするのが筋だが、駆け落ち中の斎世親王と刈屋姫は、車など使えない身だ。とはいえ、御殿暮らしを送ってきた二人のこと、そう長い距離は歩けない。

そこで桜丸は、片方の肩に天秤棒《てんびんぼう》をかつぎ、斎世親王と刈屋姫には、棒の前後に吊《つる》した飴の荷箱に入ってもらった。世間の目を恥じる二人の思いを汲《く》むと同時に、飴を売って路銀を稼ごうという、桜丸の涙ぐましい戦略である。刈屋姫の実母が住む土師の里へと、飴売りに扮《ふん》した桜丸は道を急いでいた。

京の都を発《た》ったのは深夜。道もわからぬ暗闇《くらやみ》を進み、深草《ふかくさ》、御香宮《ごこうのみや》と来たところで夜が明けた。芹川《せりかわ》を越え、淀《よど》の町を過ぎ、石清水八幡宮《いわしみずはちまんぐう》のある八幡《やわた》のあたりで、桜丸は荷箱を下ろす。人目がないのを確認し、

「さあ、ここなら外に出ても大丈夫です」

と箱を開けると、刈屋姫が気高い姿を現した。しばらくぶりの日の光に目を細め、見慣れぬ山影や里の風景を眺めわたしている。

「まあ、きれい。なにも思いわずらわずに、この景色を味わえたなら、もっとうつくしく感じられたでしょうに……。ねえ、宮さま」

同じく飴の箱から出た斎世親王が、

「本当にそうだね」

と言った。「あなたの父、菅丞相《かんしょうじょう》が蟄居《ちっきょ》の身となったらしいが、私たちが駆け落ちしたあとのことで、詳しい事情もわからずにいる……。だが、すぐに誤解が解けて、菅丞相は許されるときが来るだろう。それに比べていまの私は、溶けやすい飴と同じように、笠《かさ》の下でこそこそせねばならない日陰者。いつ、安心して暮らせるようになるのかなあ」

「そんなふうにお考えになってはいけません」

と、桜丸は口を挟んだ。「飴箱の底にひそんでおられるなんて、縁起がいいじゃないですか。『天《あめ》』の下をすべて把握する、つまり宮さまが天下を治めるという吉兆です」

斎世親王は、「とんでもない。私なぞが天下をなどと、考えるのももったいないことだ」と、ますます居心地《いごこち》が悪そうな様子になった。

すべりやすく細い道を、一行はそろそろと進んだ。蕨《わらび》が刈屋姫の着物に絡み、裾《すそ》をわずかに乱れさせる。鮮やかな裏地が緑に映え、焚《た》きしめた馥郁《ふくいく》たる香がふわりと広がった。生い茂る草木までもが、芳香を放つかのようだった。春の野原に蝶《ちょう》が舞い、姫の袖で羽を休める。着物の柄か、本物の蝶か、見分けもつかぬうつくしさだ。「ずいぶん鏡を見ていないけれど、蝶の鱗粉《りんぷん》でお化粧をしてみるのはどうかしら」などと、刈屋姫は思わず夢想した。

ちょうど、雁屋《かりや》という里に差しかかったところで、農夫が苗代《なわしろ》を作っていた。その様子は、姫の目にめずらしいものとして映った。自身と同じ音の名を持つ里とはいえ、庶民の暮らしにはまるで馴染《なじ》みがなかったからだ。

遠い国へと旅立つ鶴《つる》が、高く尾を引く声で鳴いている。それを聞くだに、「千年経《た》っても心変わりしない」と誓いあった、斎世親王との一時《ひととき》が思い出された。

夜も更《ふ》けきらぬうちから寝室の戸というか牛車の御簾《みす》を閉め、月が出たかどうかも知らないまま、互いの体に夢中で腕をまわした……。

枕とる手に寝て解く帯の　厳《いか》ゐお世話　厳ゐお世話

（枕の準備も帯を解く手も、ああまどろっこしい。ベッドはいらない、服も着たまま、ただきみにダイブ！）

という、はやりの歌そのものの、熱く素敵な時間だった。ああ、それがいまでは……。

夢から覚めろと言わんばかりに、なまあたたかい春風が吹き抜け、刈屋姫はため息をつく。

行く手の森に、ひとの気配がある。見つかってはまずいと、桜丸は二人を素早く飴箱に隠した。

「はーいはいはい、寄ってらっしゃい見てらっしゃい。これが名高き神武《じんむ》飴。飴が好物、神武天皇が発明なさった神武飴。うちのかみさんも製法習い、赤い襷《たすき》をキュッとかけ、とろーりとろとろ練った飴。買うならいまだよ、さあいらっしゃい」

片手に撥《ばち》、片手に太鼓を持ち、リズムよく売り文句を並べ立てる。すると、「子どもへの土産《みやげ》に」と数人の客が寄ってきた。桜丸が飴を包んでやっているあいだに、客たちは世間話をはじめた。

「菅丞相は筑紫《つくし》へ流されることになったそうで、摂津国安井《せっつのくにやすい》の浜で、出航の風待ちをしておられるとか。あれほどの人物が、なんともおいたわしく惜しいことだよなあ」

まさか桜丸が道真の関係者だとは思わず、客たちはそんな噂《うわさ》をして、買った飴を手に立ち去った。

あとに残された桜丸、斎世親王、刈屋姫は、悲しみのあまり、しばし呆然《ぼうぜん》としていた。斎世親王と刈屋姫は、それぞれ箱を細く開け、顔だけをそっと出して、立ちすくむ桜丸を見上げる。

「なんということだ。道真が本当に左遷《させん》されてしまったとは」

と斎世親王。

「安井にいらっしゃるというお父さまの、せめてお顔を拝見したい。どうかお父さまに会わせて、桜丸！　ぐずぐずしていたら、船が出てしまうわ」

刈屋姫は取り乱し、わっと声を上げて泣きだした。

その泣き声をひとに聞かれないよう、桜丸は飴売りラッパを音高く吹き鳴らす。旅の目的地は、土師の里から安井の浜に変更だ。斎世親王と刈屋姫が入った箱をかつぎ、桜丸は再び歩きだした。

はたして出航にまにあうのか。自分たちは今後どうなってしまうのか。摂津国安井の浜はまだ遠かったが、不安は早くも波のように、哀れな桜丸一行の胸に押し寄せた。

汐待《しおま》ちの段

「菅原道真左遷《すがわらのみちざねさせん》」の報は、風に乗って瞬《また》く間に下々にまで届き、心あるものの動揺と悲しみを呼び起こした。

罪なき身にもかかわらず、朝廷内の敵対者に陥《おとしい》れられた道真は、筑紫《つくし》の太宰府《だざいふ》へ流される途中だ。牢船《ろうせん》は摂津国安井《せつつのくにやすい》の浜で停泊し、荒れる海をまえに出航の風待ちをしている。

一行の警固責任者は、法皇の古くからの臣下、判官代輝国《はんがんだいてるくに》である。輝国は、安井からほど近い逢坂増井《おうさかますい》の地に陣幕を張らせた。増井の陣で、出航に適した天候になるのを待つためだ。

判官代輝国は松の木陰に立ち、安井の浜と、そこから広がる海を眺めた。風が吹き抜けるたびに海面は騒ぎ、松の枝越しに見上げた空には、灰色の雲が流れていた。

身を翻《ひるがえ》した輝国は、陣幕に近づいた。輝国の命《めい》により、槍《やり》や薙刀《なぎなた》を手にした役人たちが、陣幕の四方を厳重に警備している。役人に幕を開けさせ、なかに入った輝国は、道真がいる護送用の輿《こし》のまえで手をついた。

「沖の様子を見てきましたが、この調子では、数日は出航の目処《めど》も立たないでしょう。ここに逗留《とうりゅう》されるより、河内国土師《かわちのくにはじ》の里へ行かれて、伯母君《おばぎみ》の覚寿《かくじゅ》どのにおいとま乞《ご》いをなさってはいかがですか」

道真は面《おも》やつれした顔を輿の窓から覗《のぞ》かせ、

「法皇さまの慈悲深さを、部下のものも学ぶのだろうな。さすがは院の御所に勤めているだけあって、情け深い武士だ」

と言った。「だが、私は囚《とら》われの身。その私が土師の里へ行ったとなれば、そなたが罪に問われてしまう。ここにいよう」

「私を思いやる、ありがたいお言葉。このように尊いおかたのためならば、たとえ咎《とが》められても、私の死後の面目も立ちますし、子孫の誉《ほま》れにもなるというものです。それに、これは私の勝手な申し出ではございません。『もし、摂津国で風待ちをすることがあったら、土師の里に住むという伯母と別れの挨拶《あいさつ》をさせてやれ』と、法皇さまが私に内密にお命じになったのです。なにもご遠慮なさらず、堂々と土師の里へおいでください」

「まことにありがたい法皇のお心」

と、道真は都の方角を眺めた。「『天皇に父母はいない。王者とは、天を父とし、地を母として生まれるものだから』というが、現実的には、法皇が今上陛下《きんじょう》の父君だ。その父君のお力をもってしても、主上《おかみ》のご英断を覆《くつがえ》すことはできず、こうして囚われの身となるとは……。どんな罪の報《むく》いなのだろうか。なんともはかない世の中、思いがけない身のなりゆきだ」

道真は、現世のみならず、前世や後世の理《ことわり》すらもすべて知りつくしたように見える。そんな道真であっても、「この世はつらいものだ」と感慨を漏らさずにはいられないのだ。そう思うと、なんとも哀れでいたわしいことだと、輝国もまた感慨にふけった。

雲の動きを見ていた船頭がやってきて、

「今朝《けさ》の段階では、まだ二、三日はここに逗留せねばならんだろうと思っていましたが、予想外に天気が持ち直し、風が収まってきました。出航のご用意をお願《ねが》えします」

と言う。輝国は、

「黙っていろ!」

と応じた。「『しばらくは回復しない』と言っていたくせに、天気が持ち直しただと? じゃあ、いい天気だったのが急変しても、おまえにはその予兆を見抜けないということではないか」

「いえいえ、そうじゃありません。二月と八月は船頭も判断に迷う時期。ともすると、掌《てのひら》を返すように天気が変わるんですな」

「まだ言うか！　天候が掌を返すような時期に、大切な流人の船を出せるはずがなかろう」

「だけども、この様子だと天気はたしかによくなる……」

「ええい、せっかちなやつめ。向こうの山に雲がかかっているから、まだ四、五日は出航できる天気にはならん。しなくてもいい報告をしてくるな」

真面目《まじめ》に職務を遂行しただけなのに、気の毒なのは船頭である。「出航できる」と言ったら叱《しか》られたのでびっくりし、「いやはや、どんなに腕のいい船頭でも、輝国さまという暴風に遭ってはなすすべがないや」と、ぼやきながら去っていった。

道真は、輝国の意気と親切、法皇の思いやりをありがたく感じ、

「河内国へ行こう」

と言った。護送用の輿のなかにいるとはいえ、心が安らぐ思いがした。道真は安井という地名を、「安らかな気持ちでいられる場所」すなわち「安居」と書き換えた。いまもある「安居《やすい》天神《てんじん》」の名は、このことに由来している。

一方、斎世《ときよ》親王と刈屋《かりや》姫《ひめ》の供をし、旅をつづけてきた桜丸《さくらまる》は、ようやく道真のいる

陣幕を発見して、思わず駆けだした。

「菅丞相《かんしょうじょう》さまが流罪になったと聞き、縁者がいとま乞いにまいりました。また、いかなる理由で罪ありとされたのか、事情もうかがいたく存じます。護送の責任者と直接お話しさせてください」

陣幕の外で声を張りあげる桜丸を、警固の役人たちが取り囲んだ。

「直接話したいだと？　無礼者！」

「罪人にいとま乞いとはだいそれたやつ。油断するな」

騒ぎに気づき、輝国が幕から出てきた。輝国は桜丸を見て、本当に道真の関係者なのだろうと察し、「乱暴をするな」と役人たちを押しとどめた。

「事情を聞きたいなら、聞かせてやろう。主上からの詮議《せんぎ》に対し、道真公はひとつひとつ申し開きをなさった。しかし、斎世の宮と刈屋姫の密通の件だけは、なにもご存じなく、どうにも身の潔白を証明しようがないまま、罪人となられたのだ」

やっと桜丸に追いつき、少し離れたところで輝国の言葉を聞いていた刈屋姫は、悲しみに耐えきれず、斎世親王とともに駆け寄ってきた。

「菅丞相は、私たちのせいで囚われたというのか」

と、斎世親王は嘆いた。「こんなになさけなくみじめな気持ちになったことはない。

親の目から隠れて恋仲になったのは、私たち二人が犯した過《あやま》ち。流刑でも死刑でも、罰は罪あるものに下し、菅丞相のことは助けてやってほしい」

「父上に会わせて！　どうか父上をお助けください」

「とにかく会わせてくれ」

斎世親王も刈屋姫も泣き叫ぶ。

輝国はうやうやしく距離を取って頭を下げた。

「おそれながら、お二人とお会いになっては、菅丞相の罪がますます重くなるというものです。もとはといえば、先だって、斎世の宮さまが主上に成り代わり、お姿を唐僧に描かせたことからはじまっております。『菅丞相が絵の身代わりを提案したのは、唐土《もろこし》のものにまで斎世の宮を主上と思わせ、自分の娘を皇后にして外戚《がいせき》になろうと、内心で企《たくら》んでいるからだ』と、讒言《ざんげん》するものがありました。そうこうするうち、宮さまが刈屋姫を連れて出奔《しゅっぽん》なさった。『ほら、やっぱり謀反《むほん》の動きがあるのです』という囁《ささや》きに、とうとう主上も耳を傾けられ、菅丞相は無実の罪で失脚することになってしまいました。特に、刈屋姫とは親子の仲です。主上への遠慮から、菅丞相が対面することはありますまい。とにかく、菅丞相のためを思われるならば、これ以降、斎世の宮さまは刈屋姫と縁を切り、宮中へお帰りください。そして、謀反の意思などないと説明なさって、菅丞相の帰京を主上にお願い申しあげることです」

そう諭《さと》された斎世親王は、

「私のせいで、菅丞相が無実の罪を着せられたのも悲しいが……。私のみを恋い慕い、ここまでついてきてくれた刈屋姫との関係を断ち切って、一人で帰ることなんてどうしてできるだろう」

と涙を流し、沈鬱《ちんうつ》につぶやいた。刈屋姫の嘆きは、もちろん言うまでもない。

「お父さまを罪に陥れた仇敵《きゅうてき》が、まさか私だったなんて！　どうかみなさま、私こそを罰して、父上の流罪を赦《ゆる》してくださいませ」

と身を伏せ、消え入りそうな風情《ふぜい》で泣いている。

二人の恋を取り持った桜丸としては、つらさ苦しさが骨にも身にも染《し》みる思いだ。「俺《おれ》さえいなければ、お二人が恋仲になることもなかった。罪人はほかでもない、俺だ」と後悔したが、いまさらどうしようもない。しばらくは涙ばかりで言葉も出なかったが、なんとか気持ちを立て直し、斎世親王のそばへにじり寄った。

「私はもとは農民の子でしたが、お給料をいただき、斎世の宮さまにお仕えする身となれましたのも、すべて菅丞相さまのおかげです。その恩あるかたを流罪にさせてしまったとあっては、おめおめと見ないふりなどできません。と申しましても、私のようなものが、どうこうできる問題でもなく……。輝国どのがおっしゃったとおり、宮さま、どうか刈屋姫さまとの縁をお切りになってください。姫さまと他人となったうえで、宮さまが主上にお願い申しあげれば、まさかお許しいただけないということもありますまい。丞相さまが再び京にお戻りになれば、姫さまとの正式なご結婚もかないましょう。しばしのお別れを、どうぞお聞き入れください

この事態に責任を感じている桜丸は、ひれ伏し、つらい思いで頼んだ。だが、斎世親王はなおも泣く。

「駆け落ちをしただけでも恥ずかしいのに、その相手と縁を切って帰るのでは、恥の上塗りというものだよ……」

「でしたら」

と輝国が提案した。「ご自分の館へ帰るのではなく、法皇さまの御所へ行かれるのはいかがですか。主上にお願いするにあたって、よい根まわしにもなりましょう」

ぜひ、と強く勧められ、斎世親王は涙に暮れながらも、刈屋姫に向き直った。

「こんなに激しい恋ははじめてで、思い惑うばかりの私だが、そうかといって丞相の帰京を願いでずにいれば、ひとの道にはずれ、天のお怒りをも買うでしょう。あなたへの思いはつきず、将来の約束を交わした仲であることにも変わりはありませんが、

親のためと諦《あきら》めて……。刈屋姫、どうか私と別れてください」

「宮さまがお嘆きになる原因を作ったのは、もとはといえば私ですのに、なんというもったいないお言葉。宮さまに恋心をお伝えすることなく、いっそ私など焦がれ死んでいればよかったのです。そうしたら、こんなにつらい思いはせずに済みました。ああ、お名残《なごり》惜しい。せめてお顔をよく見せてくださいな」

刈屋姫は、涙に曇る目で斎世親王を見つめた。その視界に映しだされたのは、やはり泣き顔の斎世親王だ。二人はもう、互いの涙を掌に受けるような状態になり、

「くれぐれも体を大切に」

「あなたさまも、ごきげんよう」

と言い交わすのが精一杯。あとはひしと抱きあって、息もできないほど泣くのだった。

そこへ、従者にかつがせた空《から》の輿を伴い、どこのものともわからぬ女が歩いてきた。女は少しも臆《おく》するところなく、輝国に言った。

「土師の里の立田《たつた》と申します。菅丞相の伯母の娘です」

「まあ、お姉さま！　立田姉さまですか」

喜び駆け寄る刈屋姫を、立田は突きのけ、はねのけ、なおも輝国に向かってのみ話

しかける。

「母の覚寿が、菅丞相左遷の報を耳にしました。年寄りの悲しみがいかばかりか、ご推量ください」

無視をされても刈屋姫はめげず、

「お母さまはお嘆きなんですね。ああ、そのことが、私の悲しみをなおさら深くする……！」

と、姉の立田に取りすがった。立田はそんな姫を再び振り払い、

「ご一行は潮待ちをなさっているそうですが、そのあいだにどうか、土師の里に一泊なさってください」

と輝国に申しでた。「心残りのないよう、菅丞相にいとま乞いをしたいのです。母の覚寿は、明日をも知れぬ老いの身。嘆きが少しでも軽くなればと、無理を承知でお願いにまいりました。本来ならば、私の夫、直禰《すくね》太郎《たろう》がお願いにあがるのが筋ですが、公式に郡の役目に就いているからには、あまり勝手なことを申しますのもいかがかと思われまして……。その点、女とは道理の通らぬことを申すもの、と決まっておりますので、不調法《ぶちょうほう》を省みず、私が参上した次第です。責任者であるあなたのご判断を、どうぞよろしくお願いいたします」

「いや、菅原家の親戚の願いを、聞くわけにはいかん」

と、輝国は言った。「だが、大切な囚人を波打ち際で野宿させるのは、警備の点から言っても心配だ。用心のため、土師の里へ行くことにする。宿として、覚寿どのの家を借りることにしよう」

立田は輝国の心づかいに、

「はい、それはよいご用心です」

と喜び勇んだ。

刈屋姫が立田の袖《そで》をつかみ、

「どうか、私が父上にお目にかかれるよう、お願いしてください」

と頼む。立田は姫の手を振りほどいた。

「恐れ多いことを。丞相さまに合わせる顔があるの？　まだ菅秀才《かんしゅうさい》さまがお生まれになっていないころ、赤ん坊のあなたを、お母さまが菅原家へ養女に出した。私にとっては妹であるあなたですが、いまは菅原家のお姫さまなのですよ。にもかかわらず、高貴なご身分の斎世の宮さまに恋心を抱いて、こんな事態になってしまったんじゃありませんか。恋は理性ではどうにもならないと言うけれど、あなたのしたことは、あまりにも道理にはずれすぎています。姉の私までもが、恥ずかしくて世間のひとに顔向けできません」

言葉では刈屋姫を叱っているものの、その裏に心配と親愛の情がほの見えて、やはり姉妹なのだとうかがわれた。

陣内に置かれた輿のなかで、道真はすべてのやりとりを聞いていた。しかし、あえて言葉は発さなかった。この場の責任者は輝国だからだ。

「立田どの。いまさらご意見をなさっても、しかたのないことです」と輝国は言った。「おい、桜丸。なにをぼんやりしている。一刻も早く、斎世の宮を法皇さまの御所へお送りしていけ。立田どの、刈屋姫を丞相と同行させるのは、絶対に許可できません。私の言っている意味、おわかりですか？　姫のことは、土師の里の親御さんの家へ預けなさい。きっとですよ、よろしいですね？」

表向きは「だめ」と言いながら、土師の里で刈屋姫が道真と会えるよう取りはからう、情に篤《あつ》い輝国だ。

道真は立田が伴ってきた空《から》の輿へ乗り替え、前後に警固の役人が立った。輿のそばには輝国がつき、ふだんの旅と同様に道真がくつろげるよう、気を配る。道真護送団は、土師の里へと急ぎ出立《しゅつたつ》していった。

「ああ、お父さま！」

「丞相！」

刈屋姫と斎世親王は一行を追って駆けだしたが、すぐに立田と桜丸が二人を押さえて引き離した。

恋人同士の別れに名残はつきぬ。秋が来たら扇《おうぎ》を使わなくなるように、飽きが来たらお別れの季節。しかし、まだまだ二人は常夏《とこなつ》だから、名残惜しいのももっともだ。姉の立田は恋人たちを思いやり、最後に少しだけ、刈屋姫が斎世親王と見つめあうのを許した。それでますます、若い二人の思いは募り、増井の浜の海水のように涙があふれる。泣きはらした目は、四天王寺《してんのうじ》にある閼伽井《あかい》の名に恥じぬ赤さとなった。いつか安らかな気持ちで、また会える。なぜなら、ここは逢坂、安居の地だから。必死に自分に言い聞かせ、はかない泡のごとく哀れにも別れゆく姫と親王。「さようなら」「さようなら」と言い交わす声だけが、さびしく海辺にこだました。

道明寺《どうみょうじ》の段

「菅丞相《かんしょうじょう》に会って、お別れの挨拶《あいさつ》をしたい」という覚寿《かくじゅ》の願いは、罪人護送の責任者である判官代輝国《はんがんだいてるくに》の配慮によってかなえられた。土師《はじ》の里の屋敷へ菅原道真《すがわらのみちざね》がやってきたので、年老いた覚寿は大喜びだ。さっそく道真をもてなすよう、屋敷のものたちに言いつける。屋敷はにわかに活気づき、昼夜の区別もつかないほどの大忙しとなった。

安居《やすい》の船着き場で思いがけず刈屋《かりや》姫《ひめ》とめぐり会った立田《たつた》は、姫をひそかに屋敷へ連れ帰った。しかし、狭い座敷に匿《かくま》っているので、屋敷に勤めるものの多くはその事実を知らない。立田は座敷の襖《ふすま》をそっと開け、なかにいる姫に声をかけた。

「さびしく、元気も出ないことでしょうね。もっと顔を見にきたいのだけれど、なんだかんだで用事が多くて……。お母さまがなにかとお呼びつけになるものだから、なかなか来られないのです。いまならちょうど、だれも来ないから、ほら、気晴らしにちょっとこちらへいらっしゃい」

姉の優しい心づかいに、すがる思いで刈屋姫は座敷を出た。目には涙が浮かんでいる。

「斎世《ときよ》の宮さまとお別れしてから、お姉さまにはいろいろとお世話になって……。お父さまにもお目にかかって、せめて不孝をしたお詫《わ》びを申しあげたいのですが、それもかなわないのならば、もう死ぬしかないと覚悟は決めています。でも、生みの母である覚寿さま、菅原のお母さま、弟の菅秀才《かんしゅうさい》、そして斎世の宮さまを忘れることも、どうしてもできません。乱れる思い、どうかお察しください」

刈屋姫の嘆きように、姉の立田も涙ぐんだ。

「悲しみに思い乱れるのはもっともです。とはいえ、丞相さまに会えないからって、自棄《やけ》になっては絶対にだめよ。お母さまのお願いがかなって、丞相さまはこの屋敷に滞在なさっているのですから。私もなんとかタイミングを見計らい、お母さまに事情をお話しして、指示を仰ごうと思っています。けれど、さりげなく話を持ちかけようとしたのですが、お母さまは堅苦しい性格だから、なかなか私の思うようには動いてくださらないの。『私が生んだ子でも、養女に出したからには、刈屋姫にとっては菅原家のご両親こそが親で、こちらは他人。それをいつまでも、「親だ、娘だ」などと思うのは、道理というものがわかっていない町人や農民が言いそうな、甘えたことです』とおっしゃって……。そういうところはほんと、真面目《まじめ》一徹《いってつ》で郡の役所の長官を務めておられた、亡きお父さまと似たもの夫婦ですよ。これではお願いをしても無駄だと、その場はなんとか誤魔化《ごまか》したものの、いつまでもこのままの状態ではいられないし……。丞相さまのご滞在も、今日で三日目。時化《しけ》が収まり空も晴れてきて、『筑《つく》紫《し》行きの船を出せるようになりました』と、安居の船着き場から報告があったそうなの。それで、『明日、夜が明けきらぬうちに出立《しゅったつ》します』と、輝国どのの泊まっておられる宿から報《しら》せが来たから、ご出発の用意でてんてこ舞いなのです。そのうちになんとかしてあなたを丞相さまに会わせてあげようと思っていたのに、あてがはずれて、ちょっと切羽《せっぱ》詰《つ》まってきたわ。どうしたらいいかしら。『困ったときには、自分の膝《ひざ》とだって相談しろ』っていうじゃない？　ねえ、泣いてないで、なにかいい知恵はない？」

立田はそう言いつつ、自分でもうんうん考えをひねりだそうとする。

すると背後に、直禰《すくね》太郎《たろう》がするりと姿を現した。

「知恵者ならここにいるよ」

「まあ、太郎さま！　いつのまに」

「『いつのまに』だって？　おい、立田。夫である俺《おれ》に隠れて、屋敷にひとを連れこみ、ずいぶんとんでもない身の上話をしているじゃないか。刈屋姫は、おまえの妹なんだろう？　赤ん坊のときに菅原家へ養女に出したと聞いてはいたが、京と河内《かわち》とは遠く離れているし、公家《くげ》と武家では家柄も段違い。いくら、『覚寿さまは丞相さまの伯母《おば》だ、俺はその婿《むこ》なんだ』といばっても、いばり甲斐《がい》がない、はなから位負けしているんだと思い知らされた。いやや、姫のお名前だけは聞いていましたが、お会いするのはいまがはじめて。ほんとに別嬪《べっぴん》さんですなあ。なんでしたっけ、斎世の宮さまでしたっけ？　宮さまがホの字のあまり、ふにゃふにゃの『ホキヨの宮』さまになられちゃったのも、納得がいきますよ。姫の顔を見るまえは、『俺の妻は楊貴妃《ようきひ》だ』と思っていたが、こうして比べてみると……、『無用貴妃』だな。ははは。立田、おまえも宮さまにならって改名しないと」

「まあ、あなたったら。なんていう名前に変えろとおっしゃるの？」

「わかってるくせに。二番手の無用貴妃さん」

「もう、ずけずけと勝手なことを言って。お母さまにも内緒にしてあるんですから、姫を丞相さまに会わせようとしていることは、だれにも言わないでくださいね」

「その点はご心配めさるな。『明朝ご出立とのことだから、輝国どののいる宿へ行き、このたびの丞相さまご滞在に関するお心づかいにお礼を申しあげてくるように』と、覚寿さまに言いつけられた。一番鶏《いちばんどり》が鳴くのを合図に出発ということでまちがいないか、ついでに打ちあわせもしてこいとさ。いまから行ってくるけど、途中でいい考えを思いついたら、戻ってきてから無用貴妃に教えてしんぜよう」

「んもう、べらべらと冗談ばかり」

「おっと、こいつは形勢不利。じゃ、いってきまーす」

直禰太郎は表のほうへ出ていった。

あとを見送った刈屋姫は、

「あのかたが、お姉さまのお連れあいですか」

と言った。「自分のことでいっぱいになってしまい、ご挨拶もできませんでした」

「いいのいいの、挨拶なんていつでもできます。でも、私たちの願いは、もはや猶予《ゆうよ》がなりません。どうしたものでしょうね……」

と、立田は思案に暮れた。「ああ、そうだ！　お母さまに言ったって、どうせ埒《らち》が明かないのはわかりきってる。ちょうど夫も留守だし、お母さまもいまは丞相さまのおそばにはいらっしゃらないから、私があなたを連れていってあげればいいのよ。叱《しか》られようが怒鳴られようが、なるようになれ、です。さあ、こっちへ」

立田は刈屋姫の手を取り、道真の部屋へ案内しようと立ちあがる。

そのとき、背後の襖がスパンと開き、母の覚寿が登場した。

「不孝者！　どこへ行くつもり？」

杖《つえ》を振りあげ、刈屋姫に殴りかかろうとする覚寿を、立田はすんでのところで抱きとめた。

「お母さまに内緒にしたことでお腹立ちならば、この立田をぶつなり叩《たた》くなりなさってください。このあいだもおっしゃったじゃありませんか。『養女に出したからには我が子ではない』と。にもかかわらず姫を折檻《せっかん》なさろうとは、お母さまらしくない。丞相さまご秘蔵の姫君に、杖で殴りかかってよろしいんですか。さあ、殴るなら私を、私を！」

必死にかばう立田のまえに、刈屋姫が体を割りこませた。

「いいえ、お姉さまに罪はありません。不孝な私をぶってくださいませ」

「いけません、あなたをぶたせたりなんかしない」

「だめです、お姉さま」

覚寿が振りあげた杖の下、姉妹は互いを思って押しのけあった。

それを見ても、老母はまだ怒りの形相である。

「これ、立田。他人だったら、私だって折檻などしない。丞相さまは私の甥御《おいご》。養女に出した姫は、甥孫《おいまご》ということになる。親も許さぬようなふしだらなことをして、大事な甥御が流罪の憂き目に遭ったのは、だれのせいです。憎らしくて憎らしくて、ほら、この杖が折れるほど叩かなければ、丞相さまに言い訳が立たない。六十を越え、白髪《しらが》頭になっている私だけれど、夫に死に別れたときに頭を剃《そ》らせなかったのは、立田、おまえではないの。『お母さまが尼《あま》になっては心細い。気力も湧《わ》きません』ととどめられ、法名だけは『覚寿』とつけてもらった。かねがね邪魔に思ってきた白髪、今日という今日は役に立った。頭を丸めて法衣を身につけ、尼になってしまっていたら、まさかひとに杖を振るうことはできないからね。さあ、まずはとばっちりを望む立田から」

覚寿は姉妹に走り寄って、びしばしと杖で殴った。ぶたれる立田と刈屋姫も、ぶつ覚寿も、等しく涙を流しながらの壮絶な折檻だ。

そこへ襖の向こうから、

「ああ、これこれ伯母上。軽率に折檻をなさいますな」

と、道真のよく通る声が聞こえてきた。「斎世の宮から寵愛《ちょうあい》を受けている娘に、傷をつけてはいけません。父をなつかしみ慕ってきた刈屋姫に、対面しましょう。ここへ連れてきてください」

覚寿はからりと杖を投げ捨てた。わっと泣き伏し、しばらくはなにも答えられない。ややあって、ようやくのことで言った。

「生みの親が叩くのは、養親へ義理を立てるため。養親の慈悲心は、生みの親へ義理を立てるため。甘い言葉も、叩くのも、子を思うあまりに迷いがちな親心ゆえ。『会ってやろう』とおっしゃっていただけて、姫よりもこの母のほうがうれしく、とても言葉にはしきれません。刈屋姫、いい親を持った、いい親を持ちましたねえ」

覚寿は目がひからびるかと思われるほど涙し、声がかれるほどに泣く。刈屋姫と立田も、「なにごとも慈悲のお心のおかげです」とだけ言うのが精一杯で、あとはもう、泣くよりほかになにもできなかった。

「さあさあ、ここからお礼を言うよりも、『来い』ということなのだから、おそばへ行きなさい」

覚寿は刈屋姫をうながし、境の襖を開けた。すると、その部屋にはだれもおらず、道真にそっくりな木像があるだけだった。覚寿の屋敷に逗留《とうりゅう》中に、道真が彫っていた木像だ。

「これはどうしたことでしょう」

刈屋姫は驚いて言った。「『会ってやろう』とお父さまがおっしゃってくださったのは、お母さまに折檻をやめさせるための方便だったの？　私が不孝者だから、会ってくださらないの？　たしかにお父さまのお声だったのに……。まさか、木製のお父さまがしゃべったということなのかしら。それとも、どこかに隠れていらっしゃるのかしら」

不思議でたまらず、刈屋姫は立ったり座ったりしながらほうぼうを見まわした。

「落ち着きなさい、刈屋姫」

覚寿がたしなめる。「逗留中の丞相さまを、私たちは奥座敷でおもてなししていました。この部屋から奥座敷までは、ずいぶん離れています。それで、さきほど丞相さまが声をかけてきたとき、『どうしてここへ』と疑問に感じはしたのですが、うれしさのあまり、深く考えずにいたのです。ところが部屋には、この木像があるだけ。遅ればせながら、刈屋姫に事情を話して聞かせよう。実は丞相さまに、『逗留中に、あなたの姿を絵に描くなり、像を彫るなりして、私に残していってください。なつかしむよすがにしたいので』と、お願いしたのです。丞相さまはさっそく、ご自分の像を彫りはじめてくださいました。最初にできたものと、次にできたものは打ち砕いてしまわれましたが、三度目にこの木像を彫りあげて、こうおっしゃった。『まえのふたつは魂の入っていない木偶《でく》人形だったが、三つめに作ったこの木像はちがう。私の魂をこめて残す形見だ』と。そういう木像なので、しゃべらないとも言えない。主上《おかみ》への遠慮があるから、会いたくても会えない立場の父と娘。この木像を、ただの木だと思ってはいけませんよ、刈屋姫。木像を通して、丞相さまが語りかけてくださったのです。父上に会えてうれしいでしょう。この母も本望です」

道真の深い思いに触れ、覚寿、刈屋姫、立田は喜んだのだった。

そこへ直禰太郎と、太郎の父親である土師《はじ》の兵衛《ひょうえ》がやってきた。

「覚寿どの、こちらでしたか」

と、土師の兵衛は言った。「お客人は明朝にご出立とのことで、準備でお忙しいだろうと思いましてな。お役に立つとはいかないまでも、なにかお手伝いができればと思ってまいりました。来がけに、宿にいる輝国どのにも、ちょっとしたお礼の贈り物をしてきましたよ。幸い息子が居合わせまして、用意もだいたいできたと聞き、まずはなにより。そうするうちにも、もう日暮れ。一度帰宅して、ご出発のころにまた来るのは、老いの身にはつらい。お邪魔でしょうが、ここにいさせてください。いやいや、お気づかいは無用。ただ置いておいてくだされればいいので」

「兵衛どのときたら、水くさい」

と覚寿は言った。「ここはあなたにとって嫁の家なのですから、ご自分の家も同然。そのように断りなど入れず、用があったら遠慮なく、家のものに申しつけてくだされればいい。出発の時刻までは、これ立田、舅《しゅうと》どのにはおまえの部屋で休んでいただきなさい。では、のちほどお目にかかりましょう」

覚寿は刈屋姫を連れて、奥の間に入っていった。

土師の兵衛と直禰太郎父子が、小声で素早く言葉を交わした。

「おい、道中で示しあわせたとおりにやるぞ。ぬかるなよ、太郎」

「大丈夫。わかってますよ、親父《おやじ》どの」

土師の兵衛は立田に案内されて部屋へ、直禰太郎は奥へと向かった。どの座敷も燭《しょく》台《だい》であかあかと照らしだされ、今夜かぎりのもてなしをしようと、屋敷内はざわめいている。

しばしののち、土師の兵衛は付近にだれもいないことをたしかめ、立田の部屋からそっと抜けでた。そのまま庭へ下り、植え込みに近づく。勝手知ったるなんとやらで、庭の切戸《きりど》の錠《じょう》をねじ切り、静かに開ける。打ちあわせどおり、外で待っていた家来が箱を差しだしてきた。

「よしよし。おい、言いつけておいたように、人数ぶんの装束《しょうぞく》と、丞相を迎える輿《こし》を、いざというときにまにあわせるんだぞ」

家来を帰らせた兵衛は、箱をひっ抱えた。月明かりが漏れる木々のあいだで、息子の太郎が来るのを待ち、きょろきょろとあたりを見まわす。

「親父どの、首尾は。例のものは入手できましたか」

と、直禰太郎も人目を忍びつつ、庭へ出てきた。

「心配するな、せがれよ。ほら、この箱のなかに、計略に必要な例のものが入っている。大事な相談だ、こっちに来い」

父子は池のほとりに移動した。その様子を、立田が物陰からそっとうかがっていた。立田は先刻から、夫である直禰太郎の挙動にどうも不審を感じ、目を離さないよう気をつけていたのだった。

そうとは知る由《よし》もない父子は、囁《ささや》き声で話しあう。

「さきほどお聞きになったとおり、判官代輝国が丞相を迎えにくるのは、午前二時半ごろです」

と、直禰太郎は言った。「時平《しへい》公から頼まれました、菅丞相を殺す件についてですが……。偽の迎えを仕立てて、丞相の身柄を受け取り、道の途中でグッと刀を突き立てる身振りをする直禰太郎。満足そうに、黙ってうなずく土師の兵衛。

「とはいえ、一番鶏が鳴かないあいだは、覚寿が丞相を手放しませんでしょう。なんといってもあの姑《しゅうとめ》、頑固者ですからね。夜明けの鶏が鳴かぬうちに、真夜中でも鳴く鶏。そんな鶏が、本当にいるんですか？」

直禰太郎は、父親が抱えている箱の蓋《ふた》を開け、なかにいた鶏を取りだした。「へえ、これがそうですか。うん、羽が真っ白でつやつやした、いい鶏だ。と、こんなことを言っているあいだに、もう夜中。どうだ、いい調子で存分に鳴いてくれ。一声聞かないことには落ち着かない。……おい、こら。……この鶏、鳴きませんね。どうしてかな」

「いや、そのままでは鳴くはずもない。夜中に自然と鳴くことはあっても、強いて鳴かせることはできん。だが、鳴かす秘策がある。太い竹のなかに熱湯を入れ、そのうえにとまらせるんだ。そうすると、あったかいだろう？　鶏のやつ、それで『朝が来た』と勘違いするようで、夜中であっても鳴きだすというわけだ。竹もちゃんと、箱に入れて持ってこさせた。茶をたてるための湯も、たぎっているだろう。釜《かま》ごと運んでこい」

「へへ、運んでくるのは簡単ですが、湯のうえにとまらせても鳴かないときは、どうなさるんですか？」

「えい、しつこい。そのときは、またべつの案がある」

父子の悪だくみを立ち聞きしていた立田は、「南無三《なむさん》！　ああどうしよう、大変だ。お母さまにすぐにお伝えしなきゃ。いえ、そんなことをしているあいだに鶏が鳴いてしまう。いえいえ、黙っていたら、なおさらこのひとたちが暴走する。だけど、言ったら夫と舅の立場がなくなり、言わなかったらお母さまの立場がなくなり、もうもう、どうすればいいの」と、おおいに心乱れたが、なんとか気持ちを落ち着かせて、

「直禰さま、直禰太郎さま、どこにいらっしゃるの」

と声を張りあげた。

父子はもうびっくり仰天《ぎょうてん》、鶏を箱に押しこめ、あたふたと蓋を閉めて、なにくわぬふうを装った。

「なんだ、立田。おおげさに呼び立てて。なにか急用か？　そうじゃないなら、不躾《ぶしつけ》かつ不作法だぞ、そんな大声で。親父どのも俺も、『なにごと⁉』と心臓が口から飛びでるかと思った」

そう言った直禰太郎の顔を、立田はじっと見つめた。

「お二人のびっくりより、私のほうがもっとびっくりさせられました。ねえ、あなた。お舅さまも。どういうことなのか、私にはちっともわかりません。わかりたくない。偽の迎えを寄越して菅丞相さまを殺そうだなどと、なんてひどいことを。丞相さまになにか恨みでもおありなんですか？　それとも時平公に頼まれて、この際、出世のためならば、連れ添ってきた私を捨てるのも、母上への義理さえも、どうでもいいと思うようになったということですか？　あなたは捨てるおつもりでも、私は太郎さまを捨てることなんてできません！　ねえ、どうか義父上《ちちうえ》さまも、思いとどまってくださいな」

舅を拝み、夫を拝み、声もなく泣く立田の涙が、彼女の貞節さを物語っていた。

「いやはや、思いのこもった言葉を聞き、私も息子も面目がない。これからは心を入れ替える。いま聞いたことは、なかったことにしておくれ」

　土師の兵衛はそう言いつつ、直禰太郎に目くばせする。

「もったいないおっしゃりよう」

　と、立田は喜んだ。「納得していただけたからには、もちろん、だれにも申しません。私たちはいままでどおり、今生のみならず未来までも夫婦であり、舅と嫁です。ああ、暦《こよみ》のうえでは春とはいえ、まだ二月の底冷えがする。炬燵《こたつ》で肌を、燗酒《かんざけ》で身の内を温めてくださいさい。さあ、こちらへ」

　さきに立って部屋へ上がろうとする立田の背後で、「いまだ」と兵衛が言った。心得た太郎が、立田へと袈裟《けさ》がけに太刀《たち》を振りおろす。肩から背中にかけて十五センチほども斬《き》られた立田は、振り返って直禰太郎につかみかかった。

「ええい、ひとでなし。やすやすと殺せるような女の身を、背後からだまし斬りにするとは、ひきょうもの……！　おまえを夫だと思うからこそ義理を立てたというのに、くやしい、ひどい……」

　なじる声が、庭の木々、池の水面をざわめかせる。

「静かにしろ！」

直禰太郎は、自身の下着の裾《すそ》を立田の口に押しこんだ。なおも爪《つめ》を立ててくる立田をねじ伏せ、腹のあたりにぐっと太刀をえぐりこませる。

兵衛は周囲の気配を探り、ひとけがないことをたしかめた。

「せがれ、息は絶えきったか」

「ご安心を、いまとどめを刺します」

立田は死しても下着の裾をくわえたままだった。下着を引っ張っても、口を開かない。太郎は少々ぞっとするものを感じ、刀で裾を切り取って、自分の身を自由にした。

「さて、この死体をどうしましょうか」

「聞くまでもない。浮いてこないよう、手ごろな石を袂《たもと》や帯にくくりつけ、この池深く沈めてしまえ」

血まみれの立田の死骸《しがい》を、父子は池へ投げこんだ。

血に染まって真っ赤になった池は、紅葉《もみじ》で名高い竜田《たつた》川《がわ》もかくやというありさまだった。立田は無惨にも、その名のとおりの最期を迎えたのだ。しかし、彼女の誠実な行いと、夫と舅を信じ抜いて裏切られた哀《かな》しみや怒りは、必ずや後世まで語り継がれるはずだ。竜田川の紅葉が、いつの世も、ひとの心を捕らえて離さぬのと同様に。

「死体の始末は、これでいいとして」

と直禰太郎は言った。「ねえ、親父どの。鶏のほうは、このままってわけにいかないですよ。お湯を取ってきましょう」

「太郎、もうその必要はない。鶏を鳴かせるのは、俺に任せろ」

武士ならばだれしもが携帯しているミニ松明《たいまつ》を、土師の兵衛は懐《ふところ》から取りだした。それに素早く火をつけ、池の水面を照らす。次いで、箱から出した鶏を、裏返した蓋のうえに乗せると、池に浮かべた。兵衛はできるかぎり腕をのばし、鞘《さや》の尻《しり》を使って蓋を岸から押しやる。ざざっと夜の風が吹いて、さざ波が立った。鶏は蓋に乗ったまま、池の中央へと五、六メートルほど流れていった。

「親父どの、なにをしてるんです。箱の蓋で『お船ごっこ』だなんて、おとなげない。はははは、あれがなんの役に立つんですか」

「わからんなら、説明してやろう。川の淵《ふち》に沈んだきり、行方《ゆくえ》知れずになった死体は、鶏を船に乗せて探すといいという。死体のある場所で鳴くからだ。鶏のその性質を思い出し、池に沈めた立田の死体を活用しようという作戦だ。太郎、俺たちはツイてるぞ。ほらほら、鶏が羽ばたきしている。死体の在処《ありか》を見つけたようだ。おおよし、鳴いたぞ、コケコッコー。もひとつ囀《さえず》る、コケコッコー」

夜明けには遠い闇《やみ》のなか、まだ冷たい春の空気を震わせ、冴《さ》え冴《ざ》えと鶏は鳴く。血潮に染まった池の水を、東天《とうてん》の紅《くれない》と見まちがえたか、鶏は鳴く。その声に誘われるかのように、庭の木を塒《ねぐら》にしていた鶏たちも羽ばたきし、一斉に偽りの朝を告げはじめた。

かつて、斉国《せいこく》の孟嘗君《もうしょうくん》は、秦国《しんこく》から逃げだそうとして、函谷関《かんこくかん》に差しかかった。しかし、関の戸は夜間は閉じられている。そこで孟嘗君は、仲間に鶏の鳴き真似《まね》をさせた。つられて本物の鶏も次々に鳴きはじめ、夜明けだと勘違いした関守は関の戸を開けた。そのおかげで、孟嘗君一行は無事に函谷関を通過できたという。いま、同じように鶏が鳴きはじめ、兵衛と太郎は函谷関の関の戸が開いたかのごとく喜んだ。

「さあ、菅丞相に差し向ける、迎えの準備を急がなければ。いやはや、あわただしいな」

土師の兵衛は庭の切戸から出ていった。直禰太郎は計画に漏れがないか再度確認してから、屋内に戻った。

鶏が鳴いたのを受け、屋敷の人々はいっそう忙しく立ち働きだした。「もうご出立の時間が来てしまった」と、膳《ぜん》の用意をする。覚寿は腰元を伴い、座敷に出向いた。島台《しまだい》という、祝意を表す飾り物を腰元に持たせている。膳には、銚子《ちょうし》や素焼きの器や薄切りの干しアワビ、昆布などが載っていた。

覚寿は座敷にいた道真に言った。

「たとえ百日、いいえ千夜、あなたをここに引きとめたとしても、お別れするときにはいまと変わらずつらい思いがすることでしょう。こうなったからには、『流罪を赦《ゆる》す』との主上のご命令が下されることを祈るのみ。あなたが京に帰ってくる日を、いつまでも待っています。その気持ちを、島台に飾ったミニチュアの松にこめました。あなたのこれからに幸《さち》多かれと、縁起のいいアワビと昆布も、ほらここに」

道真は伯母の心づかいに感謝し、屋敷に滞在中、いろいろと世話になった礼を述べた。さよならをしたら、この世ではもう二度と会えないかもしれない。名残惜《なごり》しさはつきることがなく、道真と覚寿は言葉少なに向かいあっていた。

直禰太郎がやってきて、

「『出発の時間だ』と、さっそく門前に迎えの役人が来ました」

と告げた。「判官代輝国どのも、『さきに行き、道々の警備をする』と言って、いま宿を発《た》ったところです。そういうわけで、輿をかつぐ役人と、輝国どのの直属の家来のみが迎えにきたようです」

太郎はあやしげな輿を庭先へ招き入れ、

「さあさあ、約束の時間を過ぎてしまいますよ」

と急きたてた。道真は悠然と座敷から出て、輿に乗る。人目があるので、覚寿は笑顔を作って見送った。泣くことすら許されない別れほど、哀しいものはない。

門のところで一行を送りだした直禰太郎が、座敷に戻ってきた。

「はあ、よかった。片づいた。覚寿さまもお疲れになったでしょう。寝室へ行ってはどうです」

「いいえ、寝たくても寝られそうもないから」

「あれま、ご気分でも悪いんですか？」

「まあ、なにを言ってるの。丞相さまが出発したのを『よかった』だなどと、キャッキャと喜んだりして。同じ屋敷にいながら、別れの挨拶もできなかった刈屋姫の気持ちを思うと、私は……。姫が悲しみ、うらやむだろうと、丞相さまとはなんの関係もない立田をこの場に呼ぶことは控えたぐらいです。それにしても、丞相さまが機嫌よく出立されたというのに、まだ立田が顔を出さないのは変ね。だれか様子を見てきてちょうだい」

覚寿に命じられ、腰元が座敷を出ていった。直禰太郎は落ち着かない様子で座っている。ややあって戻ってきた腰元は、

「奥のお部屋には、刈屋姫しかいらっしゃいませんでした。立田さまのお姿は見当た

りません」

と報告した。

「いないって、いったい立田がどこへ行くというの。もう一度見てきなさい。屋敷の部屋という部屋、庭の物陰までをも、あますところなく探すのです」

覚寿に厳しく言いつけられ、大捜索が行われた。なにしろ、手入れが行き届かないほど広い敷地だ。使用人たちは提灯《ちょうちん》を持ち、手分けして花壇や築山《つきやま》まで確認してまわった。立田はどこにもいなかった。代わりに、池のほとりの芝《しば》に血溜《ちだ》まりができているのが見つかった。

「おい、なにかの血が、池まで流れこんだ跡があるぞ！」

「探せ！　池をさらうんだ！」

使用人らは口々に叫び、泳ぎの得意な下働きのものたちが、次々と池に飛びこんだ。そのうちの一人が、水底から立田の亡骸《なきがら》を抱えて浮かびあがってきた。屋敷内は驚きに包まれ、騒然となった。

直禰太郎も形ばかり驚いてみせ、

「犯人はこのなかにいる！　調べが済むまで屋敷の門を閉ざし、だれも出入りさせるな！」

と大声で指示した。騒ぎに気づいて部屋から出てきた刈屋姫は、覚寿とともに、無惨な姿となって横たえられた立田のもとへ走り寄る。

「お姉さま！　ああ、だれがこんなひどいことを！　さっきからお見かけしないのは、てっきり覚寿さまのそばについておられるためだろうと思っていたのに……。お父さまとは生き別れ、お姉さまとは死に別れ、これほど短時間に、つづけざまに悲しさつらさが襲いかかってくる日があるだなんて」

立田の不在を深刻に受けとめていなかった刈屋姫は、「なぜ気づかなかったのか」と悔やみ、実母である覚寿にすがりついて泣きじゃくった。

「本当に」

と、覚寿も泣きむせぶ。「あなたは、立田は私のそばにいるんだろうと思っていたし、私もまた、あなたのそばにいるものとばかり思いこんでいた。その勘違いが、立田の不運につながり、私の不幸となるとは……」

そう言うのがやっとで、あとはもう、立田の亡骸に覆いかぶさって身を震わせる。老いの身を絞るようにして放たれる慟哭《どうこく》に、屋敷のものたちもかける言葉がなかった。

直禰太郎が覚寿に寄り添い、もっともらしく言った。

「涙は死者のためになりませんぞ。犯人を必ずや暴きだし、斬り殺してやる。それが俺なりの、妻への供養です。さあ、取り調べをはじめよう」

太郎は濡《ぬ》れ縁《えん》に上がり、えらそうにあぐらをかいた。「男女を問わず、全員に事情を聞く。そこへ並べ！」

庭先に使用人を座らせ、太郎は一同を睥睨《へいげい》した。

「一番まえにいるのは、宅内《たくない》か。こっちへ来い」

「へい、へい、へへー」

下働きの宅内は、太郎のまえでうずくまった。「まさか、ほかならぬおいらをお疑いじゃないですよね？　立田さまのご遺体を、池の底から抱えあげたのはおいらですよ。そのご褒美《ほうび》をくださろうと、一番にお声がけくださったんですよね。いやいや、ありがたいこともあるものであります」

「ええい、まことしやかに、なにが『褒美』だ。ずうずうしいやつめ。立田の死体……いや、亡骸が池にあると、おまえはどうして知りおった。それを説明しろ」

「え？　立田さまの尻も頭も見てません。池っぱたの芝から水のなかへと血が流れこんでいましたんで、『あ、池があやしい』と……」

「やい、嘘《うそ》をつくな。提灯の明かりしかなかったんだぞ。池の底に沈んでいるのが立田だなどと、判別できるはずがない。立田を殺して池に沈めた張本人だからこそ、ほかでもないおまえが、暗い水底から亡骸を探し当てることができたんだろう。血がどうのこうのなんていう言い訳は成立しないぞ！」

「ひええ。お、おいらほんとに、池が血に流れこんでたってこと以外、なにも知りません」

「なに、『池が血に流れこむ』だと？ 動揺して、わけのわからんことをほざきやがって。こいつを水責めにして白状させる。おい、引っ立てろ！」

直禰太郎は立ちあがり、動きやすいように着物の裾をめくって帯に挟みこんだ。

「……いや、水責めなどするまでもない」

と、覚寿が太郎を止めた。「娘の敵《かたき》がだれなのかは、うれしいことに、いまのやりとりですでに明白になっています」

「拷問不要とは、さすがのご慧眼《けいがん》。よし、宅内の罪は確定した。殺された我が妻への手向《たむ》けに、袈裟斬りにして成敗《せいばい》してやる。こいつの腕を左右に引っ張って立たせていろ！」

使用人たちに命令した太郎は、刀を手に、「ひえええ」とすくみあがる宅内に近づいた。

「お待ち」

と覚寿が言った。「『成敗』が適用されるのは、通常の罪人に対してのこと。袈裟がけに斬っては、即死させてしまう。娘を殺したにっくき相手。じわじわと斬りなぶり、苦痛を味わわせねば、私の腹がおさまらない。はじめの一太刀は、母であるこの私が浴びせましょう。残りは婿どのに頼みます。刀を借りますよ」

覚寿は太郎から刀を受け取り、もう一方の手でかいがいしく着物の褄《つま》を引きあげた。そうして宅内に向き直るのだろうとだれもが思った次の瞬間、覚寿の握る刀は、直禰太郎の左脇腹《わきばら》に深々と突き立てられていた。命拾いした宅内は、泡を食って逃げていく。

油断していた太郎は、急所を刺されてもがき苦しんだ。

「この、おいぼれめが……！　お、俺になんの罪が……」

「覚えがないとは言わせぬ！」

と、覚寿は太郎の言葉をさえぎった。「己《おの》れの罪をひとに着せ、これ見よがしに『成敗』だなどと片腹痛い。最前、おまえが裾をはしょったとき、下着の裾が切り取られているのを見た。裾を立田の口に押しこみ、声を立てられぬようにして殺したにちがいない！」

覚寿は、立田の亡骸の口もとを指し示す。立田はたしかに、直禰太郎の下着の切れ端をくわえていた。

「死しても歯を食いしばって放さぬ裾。自分でそれを切ったことを忘れ、裾の切れた下着がはしょった着物から見えていることにも気づかず、己れが犯した罪を自ら露呈するとは、厚顔無恥な極悪の罪人。亡骸のまえで敵《かたき》を討つのは、母から娘への精一杯の手向け。あるんだかないんだかわからぬおまえの良心と、ドス黒い内臓とに、この切っ先届いたか！」

大の男の腹に刃《やいば》を突き刺すとは、さすがは河内の郡の長官を務めたひとの妻である。武芸で知られた亡き夫にひけを取らず、覚寿は見事に刀を使いこなしてみせたのだった。

一同はしばし、悶《もだ》え苦しむ直禰太郎を見下ろしていた。そこへ、この屋敷に仕える家来が報告しにきた。

「判官代輝国どのがおいでです」

「丞相さまはすでに出発されたというのに、いったいだれを迎えにいらしたのか」

と、覚寿は驚いた。「よくわからないけれど、とにかくお通しするように。刈屋姫は奥の部屋へ行っていなさい。この男には、もう少し苦痛を味わわせましょう」

覚寿は太郎を押しのけ、ひとまず庭先で輝国を出迎えることにした。太郎は腹に刀が刺さったまま、その場に放置された。

輝国はすぐに庭に入ってきた。

「お迎えの時間です。用意ができているようでしたら、ご出発を」

「なにをおっしゃるのです、輝国どの」

と、覚寿がさえぎる。「もう二時間ほどもまえ、あなたの家来が迎えにきて、丞相さまを連れていったではないですか」

「いやいや、覚寿どの。私の家来に菅丞相を渡したとは、まったくもって納得のいかないおっしゃりようだ。私はちゃんと、鶏の声を合図にしました。いま、宿の鶏が鳴いたので、『約束の夜明けだ』と迎えにきたのです。相手が家来だろうと、私だろうと、鶏も鳴かず夜明けにも遠いうちに丞相を渡すなど、あってはならないこと。そんな言い訳は通用しませんよ。船出にふさわしい天候を待つあいだ、丞相を覚寿どのに会わせたのは、私の温情によるもの。出立しようといういまになって、名残惜しさが増し、『筑紫へは行かせない。すでに丞相の身柄を渡したと言えば、それで済むはず』と、浅はかなお考えをめぐらしたのだとは思いますが……。そんなことをなさっても、丞相にとって損になるばかりで、ためにはならない。嘘はおっしゃらないことです」

「いいえ、嘘ではありません。庭で鶏が鳴き、迎えのひとたちが来たのです。彼らに渡したのはまちがいない。でも、あなたは迎えなど寄越していないとおっしゃる。娘は殺され、犯人である婿の太郎は、あそこでうんうん苦しんでいる。そういうあれこれから推測するに……、さきほどの迎えは偽者！」

「なんと。覚寿どのの屋敷でそんな騒動があり、死者まで出ていたとは。となると、偽の迎えが来たというのも嘘ではなく、丞相を陥《おとしい》れたものたちの仕業《しわざ》にちがいない。二時間も遅れを取ったからには、やつらは十二キロほどはさきへ行っているはず。必ずや追いついて、丞相を奪い返してきます！」

輝国はおおいにあせり、駆けだそうとした。

「いやいや、判官。お待ちなさい」

と、庭に面した部屋から呼びとめるものがあった。「私はここにいる」

輝国、覚寿をはじめ、居合わせたものは一斉に声がしたほうを振り返った。部屋から出てきたのは、菅原道真そのひとだった。

「ええええ！」

一同が驚いたのは言うまでもない。

「さきほどお別れした丞相さまが、どうしてそこに？」

覚寿が不思議に思い、うろたえるのも当然だ。

「覚寿どのが真顔で嘘をおっしゃるから、まんまと引っかかってしまったなあ」

輝国は笑った。「おかげでびっくりさせられましたよ。まあ、丞相がここにおられたのだから、ホッとした。なにやら大変な事態が起きたのは、一目瞭然《りょうぜん》ですが」

と、輝国は立田の亡骸と、腹に刀が刺さっている太郎に視線をやる。

「事情を聞きたいし、お力になりたいところでもありますが、私には『丞相の警固』という公用があります。さあ、時間がない。ご出発を」

輝国は道真をうながした。そのとき、覚寿の屋敷の使用人がやってきて、

「さきほどいらした護送役の役人が、たったいま門前に戻ってきましたが」

と、首をひねりつつ報告した。

「なに、戻ってきた？」

覚寿はポンと手を叩く。「それはいいタイミング。私が嘘を言っていない証拠を、輝国どのに見ていただける。お役人に、ここへ来てもらいなさい」

役人を呼び入れるため、使用人は門のほうへ取って返した。輝国はちょっと考え、

「いいえ、私の名を騙《かた》った偽役人が相手ですから、いきなり顔を合わせるのは良策ではない」

と言った。「まずは隠れて、様子をうかがうことにします」

輝国は道真とともに、庭に面した一室に入った。襖を閉め、ひそかに推移を見守る。輿を従え、警固の役人が庭に入ってきた。

「おい、ばあさん」

と、役人は大声で言った。「俺が輝国の代理だからって、バカにしやがって。とんでもないものを俺に渡しておきながら、よくもしれーっとした顔をしていられたもんだな」

「言いがかりは迷惑です。菅丞相さまの身柄を受け取っておきながら、『とんでもないもの』とは、なんのことです」

「わあ、まだしらばっくれるか。丞相は丞相でも、木で作った丞相はいらないんだよ。生身の丞相と交換するつもりで運んできた木像が、この輿のなかに入ってるぜ」

それで覚寿も、「さては」と気づいた。どういうからくりかわからないが、偽の迎えの手に渡ったのは、道真が魂をこめて彫った木像だったらしい。しかし、さらに証拠を固めなければと、覚寿は内心の喜びを押し殺して言った。

「あなたの言いぶんには納得がいかない。その木像を見せてください」

「おう。しゃちほこばった荒削りの木像、いま見せてやろう」

役人は輿の戸を開けた。すると、気品をたたえた道真が、笑みを浮かべて輿から降り立った。木像などではない。生身の道真である。役人はぎょっと驚き、「え、なんで？」とあきれるほかなかった。覚寿も、襖の陰にいるとばかり思っていた道真が輿から出てきたので、「どういうことだろう」とどぎまぎした。

「ああ、はいはい、よく丞相さまを戻してくださいました。たしかに受け取りました」

覚寿は動揺を隠し、輿から降りた道真を部屋へ連れていこうとする。

「おい、どこへ行く」

役人は我に返り、急いで覚寿を押しとどめた。「そりゃダメだ、ダメだ。ダメとは言うものの、自分でもなにがなんだかわからん。俺が確認したとき、輿に乗っていたのは木像だった。『こりゃあ、すり替えられたにちがいない』と思い、この屋敷へ戻ってきたわけだが、いまここで輿から降りたのは本物の丞相。俺の目が悪いのか、丞相は見る角度によって木像になったり本物になったりする体質なのか……」

「いいえ、木像になろうがなるまいが、丞相さまを返しにきたのはあなたでしょう。さあ、受け取りますから、こちらへ」

再び道真に近寄った覚寿を、

「おいおい、ずうずうしいな」

と役人は突き飛ばした。道真を輿に押しこみ、戸をぴしゃりと閉める。それから、自分の家来に向かって言った。

「おまえらも見ただろう。どう考えてもあやしいことばっかりだ。このままじゃあ帰れない。念のため、屋敷のなかを調べるぞ」

「おう！」

偽警固の一行は、庭から室内へどやどやと踏みこもうとした。その足もとで、直禰太郎が瀕死《ひんし》の状態でのたうちまわっている。いまだ腹に刀が刺さったまま、苦しんでいたのである。

「南無三！」

と役人は叫んだ。「太郎さまが斬られてるぞ。旦那《だんな》さま、旦那さま！」

呼ばれて、警固のもののなかから土師の兵衛が走りでてきた。動転した兵衛は、脇目もふらずに太郎に駆け寄り、抱え起こす。

「太郎！　ああ、なんてひどい傷だ。おい、しっかりしろ！　だれにやられた！」

「やったのは私です」

と、覚寿が言った。

「なにぃ。婿を刺しておきながら、なぜあんたは自慢顔で落ち着き払っているんだ。

いったい息子にどんな罪があって……」

「とぼけないでほしいですね、兵衛どの。この男が立田を殺したとき、あなたも手伝ったんでしょう。娘の敵《かたき》を討って、なにが悪い。ねえ、偽の迎えの首謀者さん。すべてを明らかにするときが来ました。さあ、すっぱり白状なさい」

「ぬぬぅ、残念無念。時平公の一味となったのは、息子の出世を願ってのこと。夜中に鶏を鳴かせ、菅丞相を殺すための計画は十のうち九まで達成できていたというのに。くされババアに嗅《か》ぎつけられ、殺された息子の敵《かたき》、覚悟しろ！」

覚寿に飛びかかろうとした兵衛のまえに、「そうはさせるか」と輝国が立ちはだかった。そっと座敷から出て、木陰に身をひそめていたのである。輝国は覚寿を背後にかばい、兵衛をにらみつけた。

「ええい、だれが相手だろうが、かまうものか」

兵衛はひるむことなく、輝国に斬りかかった。「こっちは計画を見破られ、やぶれかぶれだ！　いまさら死を恐れる俺じゃない。目にもの見せてくれる！」

輝国は襲いくる刃《やいば》をひらりとかわし、兵衛の刀を蹴《け》り落とすと、右腕をつかんで地面へ引き倒した。仰向《あおむ》けにひっくり返った兵衛は、輝国に腹を踏まれて身動きが取れない。

輝国は大声で言った。

「俺の家来はいるか」

「はは、ここに」

「偽の迎えどもを片っ端から縛りあげろ！」

形勢不利を見て取った偽役人たちは、「こりゃまずい」と散り散りに駆けだした。その逃げ足の速さといったら、さっきまでのいばりくさった態度が嘘のようだ。

覚寿は急いで、道真の乗る輿の戸を開けた。押しこめられて、さぞ窮屈な思いをしているだろうと、なかを覗《のぞ》く。すると驚くべきことに、道真ではなく例の木像が鎮座ましましているではないか。「え？　いったいどうして」と庭を戻り、座敷の襖を開けてみると、室内には生身らしき道真が座っていて、

「伯母上、落ち着いてください」

と言う。

覚寿はあっちでもこっちでもびっくりさせられ、なにがなにやら混乱してしまった。

「どちらが本物？　輝国どの、見極めてくださいな」

そう言われて、輝国も困った。いつどうやって、道真の木像と生身の道真が入れ替わったのか。いや、入れ替わったのではなく、道真は木像にも生身の人間にも自在に

変身できるのか。だとすると、はたしてどの状態を、本来の道真だと言えばいいのか。人智を超える現象を目の当《ま》たりにし、真実がどこにあるのかまったくわからなくなった。覚寿と輝国はただただ呆然《ぼうぜん》とするほかなかった。

「最前のことだ」

生身らしきほうの道真が、また口を開いた。「輝国の迎えが遅いので、奥の部屋でしばらくうとうとしていたのだが、庭のほうがなにやら騒がしい。そっと様子をうかがうと、土師の兵衛が計略をめぐらし、直禰太郎が悪事を行っているところだった。立田どのがあえなく太郎の手にかかるのを、私はどうすることもできず見ているしかなかったのだ……。伯母上の悲しみを思うと、『私がこの屋敷へ来なければ、こんなことにはならなかったろうに』と悔やまれてならない」

いまさらながら涙を流す道真であった。その言葉と涙によって、覚寿もようやく、「こっちが本物の丞相さまのようだ」と得心がいった。

「いいえ。たとえ百人ぶんの娘の命と比べたとしても、あなたの命のほうが重いのです。お怪我《けが》もなさらず、ご無事だったことを喜びこそすれ、泣くなんて……。ええ、どうして泣くなんてことがあるでしょう」

と言う覚寿の目に涙が光っている。「そうだ、輝国どの。悪だくみの首謀者は、その兵衛。太郎もろとも、早くこの世からおさらばさせてやりましょう」

覚寿はまだ悶え苦しんでいた直禰太郎に近寄り、髻《もとどり》をつかんで引っ張りあげた。

「丞相さまがぴんぴんしているところを、おまえたち父子に見せられてよかった。娘の立田の恨みも晴れたでしょうよ」

太郎の腹に刺さっていた刀を、覚寿は一息に抜く。太郎はやっと、苦痛から解放されたのだった。

「憎い相手ではあるけれど、不憫《ふびん》な死にかた」

覚寿はため息をついた。「たしかなものなど、なにもない。でも、どこでどんな死を迎えるか、だれにもわからないということだけはたしか。娘の最期も、婿の最期も、この刀によってもたらされた。私の罪が消えるよう、白髪を切るのも同じ刀で」

太郎の腹から抜いた刀を、覚寿は握り直した。束ねていた自身の髪をばっさりと切り落とす。

「法名をいただいておきながら、『初孫を見るまでは』と出家せず、恥知らずにも剃らずにおいたこの白髪。悲しい出来事ばっかりで、ついに孫はできずじまい。親よりさきに死ぬとは不孝な娘だけれど、せめてあの世で幸せに過ごすよう、この母が尼となって弔《とむら》いましょう。さまざまな因縁から、仏の道を希求します。種々因縁而求仏道《しゅじゅいんねんにきゅうぶつどう》、南無阿弥陀仏《なむあみだぶつ》」

覚寿の唱える念仏に、道真も声を合わせる。二人は泣きながら、死せる立田のために祈りを捧《ささ》げた。

そのさまを見ていた輝国は、おおいに感じ入った。

「覚寿どのにさきを越され、こいつを成敗するのがすっかり遅くなってしまったな。強欲非道の、しわくちゃ老人めが」

と言うが早いか、土師の兵衛の首をすっぱりと斬り落とす。

覚寿は道真の右隣に蓙《ござ》を敷き、輿から抱えて運んできた木像を据えた。並ぶ形になった道真と木像を見比べ、覚寿は尋ねた。

「兵衛父子の計略が露見し、一件落着したのも、この不思議な木像のおかげです。古来、木像が活躍するというのは、よくあることなのでしょうか」

「いや、小者どもの悪だくみが露《あら》わになり、私は難を逃れられたわけだが、さきほども言ったとおり、うとうとしていたあいだのことだったから、詳しい事情はよくわからない」

と、道真はつぶやいた。「ただ、彫刻や絵画にまつわる、似たような話はあります。たとえば、高名な画家、巨勢金岡《こせのかなおか》が描いた馬は、夜な夜な絵から抜けだし、清涼殿《せいりょうでん》の

『萩《はぎ》の戸の間』の襖に描かれている萩を食べたそうです。また、唐土《もろこし》で名画と名高い、呉道子《ごどうし》が描いた墨絵の雲竜も、雨を降らせたとか。神像や木彫りの仏像が、人間の身代わりになってくださった話に至っては、もちろん数えきれないほどある。そう考えると、この私が三度も作り直した木像だから、木とはいえ魂が宿り、私を助けてくれたのかもしれませんね。讒言《ざんげん》するものによって無実の罪を着せられ、荒波が打ち寄せるばかりの土地で、島の守人となって朽《く》ち果てるさだめかと思われる我が身だが……。せめてこの木像を私の形見と思って、後世まで伝えてください」

道真が彫り、覚寿に託した木像。それはほかでもない、河内国土師村の道明寺《どうみようじ》にいまも残る、「荒木《あらき》の天神《てんじん》さま」のことである。道真の言ったとおり、木像が後世まで伝わり、人々の信仰を集めることになろうとは、さすがは天神さまといったところで、なんともありがたいかぎりだ。

さて、輝国は四方の空を眺めて言った。

「思いがけないことで時間を食い、すっかり夜が明けきってしまいました。ご出立を」

改めて、別れの挨拶が交わされた。覚寿は、

「心ばかりの餞別《せんべつ》の品を用意しています。ここへ持ってきて」

と侍女に命じた。侍女は、刈屋姫の小袖《こそで》をかけた伏籠《ふせご》を運んできて、道真のそばに置いた。伏籠とは竹で編んだ籠で、香炉のうえに伏せて使う。伏籠を覆う形で着物をかけ、香を焚《た》きしめるのだ。

「楫《かじ》を枕にする船旅は、波も風もさぞ荒いことでしょう。私が心をこめて香を焚きしめた小袖を、どうか筑紫まで着ていってください。寒さしのぎになるはずです。輝国どの、お世話をおかけしますが、よろしくお願いしますよ」

覚寿に頼まれた輝国は、伏籠に近づき、小袖を手に取ろうとした。

「これは気の利いた贈り物ですね。潮のにおいを防ぐ、いい香りがする。部下に持たせ、丞相がお入り用のときには、すぐに羽織れるようにいたします」

「待ちなさい」

と、道真は輝国をとどめた。「伯母上の厚いご恩と同じぐらい、深い香りがすることの小袖。伏籠のなかにどんな香が入っているのか、見えもせず香りもしないが、銘《めい》はおおかた、『伏屋《ふせや》』か『刈屋』にちがいない。伯母上からもらい受けた女の子、いや、女の小袖。私には合いません。肩身の狭い罪人としては、このままお預けしておくことにしましょう。我が子、いやいや、我が小袖と思って、立田どのの追善供養など、仏事の際にもそばに置いてやってください」

伏籠のなかから、わっと泣き声がした。そこで輝国ははじめて気づいた。伏籠のなかに、刈屋姫がいる！　なんとかして姫を道真に会わせようと、覚寿が一計を案じ、着物をかけた伏籠に姫をひそませておいたにちがいない。そんな覚寿の気持ちを汲《く》み取り、道真は情をこめて、しかし遠回しに、「姫には会えない」と告げた。その言葉が骨身に染《し》みた刈屋姫は、こらえかねて泣きだしてしまったようなのだった。互いを思う三者の心に触れ、「こういうひとたちが、なぜこんなにも過酷な運命に翻弄《ほんろう》されねばならないのか」と輝国は切なく、物思いにふけらずにはいられなかった。

泣きじゃくる姫が心配で、覚寿は伏籠のそばへ行こうとした。

「声を立てて、隠れているのがばれてしまったのは、結局は姫のためになることかもしれません。こうなったからには、ズバリと言います。丞相さま、伯母の願いをかなえると思って、どうか姫と会ってやってください」

だが道真は、覚寿の袖をつかんで引きとめた。

「お年のせいで耳が遠くなり、聞きまちがいをなさったのではないですか。いまの鳴き声は鶏でしたよ。それも、まだ若い……。子どもの鳥が鳴けば、親鳥も鳴く。生あるものはみな、そういうものなのでしょう」

内心の嘆きを押し隠し、そう言った道真は和歌を詠んだ。

鳴けばこそ別れを急げ鶏《とり》の音《ね》の聞へぬ里の暁《あかつき》もがな
（いっそのこと、鶏もいない、永遠の暗闇《くらやみ》がつづく場所へ行けたなら……！
夜明けに鶏が鳴くからこそ、別れを急がねばならないのだから）

「名残はつきないが、さようなら」

道真は立ちあがり、部屋を出ていった。

これ以降、いまに至るまで、土師の里では鶏を一羽も飼っていない。ここが羽ばたきの音ひとつ聞こえぬ地になったのは、むろん、土地のものが、道真の詠んだ和歌を深く受けとめたためである。

伏籠のなかで泣く刈屋姫は、羽を失った小鳥のように、悲しみに身を震わせている。父の道真はといえば、前後左右を警固の役人に囲まれ、「籠《かご》の鳥」という言葉がふさわしい囚《とら》われの身。宮中で輝き自由に羽ばたいていたころのことが、むなしくなつかしく思い出される。流罪となった、さすらいの身の上が嘆かわしく、夜は明けても心のなかは暗いまま。これからどうなるのか、行くべき道も見出せない心持ちだった。迷いと悩みを抱えたひとの心を照らすのは、「あまねく衆生《しゅじょう》を救う」と誓願を立てた仏の法のほかにない。道明寺は、「道を明らかにする」という名のとおり、悩める人々を救い、支えつづけて、いまも栄えている。寺に納められた道真の木像は、生けるがごとく神々《こうごう》しいまま、ご神体としていまも人々の尊崇《そんすう》を集めている。

なぜ、道明寺に道真の木像があるのかについての物語は、これにておしまい。思いはつきることがなく、木槵樹《もくげんじゅ》の種子で作る数珠《じゅず》玉のように、涙はとめどなくこぼれ落ちる。念仏に合わせて数珠を繰《く》るのと同じぐらい、ひとの嘆きは繰り返しやむことがない。

屋敷から漏れ聞こえる悲しみの声に、道真は門口《かどぐち》で一度だけ振り返った。もうずいぶん距離があったけれど、覚寿も刈屋姫も、道真の顔をはっきりと見たと思った。道真は微笑《ほほえ》んでいた。これが最後になるとは知る由もなく、別れの時間は過ぎていった。

三段目

車曳《くるまびき》の段

「巣から離れた鳥の雛《ひな》、陸地に上がった魚」とは、寄《よ》る辺《べ》ない浪人の身のたとえだ。菅原道真《すがわらのみちざね》に仕える梅王丸《うめおうまる》は、主君が流罪となってから、京での雑事をあれこれ片づけ、道真夫人の行方《ゆくえ》を探すことにした。編笠《あみがさ》を深々とかぶり、土手の並木道を行く。木々の緑も色を深くした季節である。

すると向こうから、同じく深編笠をかぶった男がやってきた。背《せ》恰好《かっこう》も装束《しょうぞく》も、梅王丸と寸分変わらない。相手もこちらに気づいたようで、「あっ」と互いに近寄った。

「梅王丸！」

「やっぱり桜丸《さくらまる》か。ああ、おまえに会いたかったんだ。話したいことや聞きたいことがたくさんある」

兄弟は木陰で笠を傾け、並んで腰を下ろした。

「まずは俺《おれ》から質問するが」

と、梅王丸が切りだした。「おまえは先般、加茂川《かもがわ》の堤《つつみ》から、斎世《ときよ》の宮さまと刈屋《かりや》姫《ひめ》さまのあとを追っていったそうだな。おまえの妻、八重《やえ》どのから聞いたぞ。どうだ、お二人と会えたのか」

「うん。道で追いついて、菅丞相《かんしょうじょう》さまが流罪になったと聞いたから、安居《やすい》の浜までお二人のお供をした。でも、お二人は菅丞相さまと対面できなかったんだ。菅丞相さまが京へ帰れるよう、主上《おかみ》にお願いしたくても、斎世の宮さまと刈屋姫さまがつきあってるんじゃあ、どうにも都合が悪いからね。それで、輝国《てるくに》どのが取りはからってくださって、お二人は別れることになった。姫さまはいま、土師《はじ》の里の伯母君《おばぎみ》のところにいらっしゃる。斎世の宮さまについては、俺がお供し、法皇さまの御所までお送りしてきた。これで一応、お二人の駆け落ち騒動は収まったんだが、俺はあいかわらず、身の置きどころがない気持ちのままだ。光栄にも宮さまの牛飼いに取り立てていただいたのに、そのありがたさを忘れ、いやしい身分のくせに、高貴なかたたちの恋の仲介なぞしてしまった。結果として、それが宮さまの仇《あだ》となり、『斎世親王謀反《むほん》』なんていう讒言《ざんげん》の種を作ることになったんだ。俺たちの恩人である菅丞相さまが流罪になったのも、みんなこの俺がしたことに端《たん》を発しているかと思うと、胸が張り裂けそうだよ。『今日こそ切腹しよう』『明日こそ命を捨てよう』と、ずっと思いつめてはいるんだけど、佐太《さた》村に一人で住んでる親父《おやじ》どののことを思うと……。『七十歳の祝いをするときに、息子三人と、そのかみさん三人、ずらりと並べて眺めたいものだなあ』と、正月から楽しみにしておられた。にもかかわらず、俺一人だけ欠けてしまったら、不忠のうえに不孝の罪を犯すことになる。せめて古稀《こき》のお祝いをしたうえでと、生きる甲斐《かい》もない命を今日まで長らえてきたんだ。俺の面目なさ、わかってくれるか、梅王」

　拳《こぶし》を握り、歯を食いしばって、桜丸は言った。自分の行いを悔いている様子に、梅王丸も、「そりゃつらい立場だよな」と、しばらくは慰めの言葉も出なかった。

「ああ、もっともだよ、桜丸。主君である菅丞相さまが流罪の憂き目に遭ったからには、俺だっておめおめと京にとどまるわけにはいかないところだが……。実は、菅原家が没落し、屋敷のものたちも散り散りになって以降、奥方さまの行方がわからないんだ。まずは奥方さまを探したほうがいいのか、筑紫《つくし》に流された菅丞相さまのところへ行ったほうがいいのか、あれこれ悩みあせっているんだけどな。おまえが言うように、今月は親父どのの古稀の祝いがある。これも心に引っかかって、なんとなく決断を先延ばしにしてしまっていた。お互いに、物思いはつきないよなあ。これも、どうしようもない世の中の常ってやつなのかなあ」

梅王丸は桜丸と顔を見合わせ、そろって涙ぐんだ。

そのとき、

「そこのけー、そこのけー」

と、先払いのものたちがやってきた。大声を張りあげ、鉄の棒を打ち鳴らして、道を空けるよううながす。

「どなたの行列がお通りですか」

梅王丸が近寄って尋ねると、

「左大臣時平《しへい》公だ」

との答えだった。「吉田《よしだ》神社にお籠《こ》もりになるのだ。ちょろちょろしてると鉄棒をお見舞いするぞ」

先払いのものはそう言い捨て、急ぎ足で去っていく。

梅王丸と桜丸は笠を脱ぎ、素早く視線を交わした。

「おい、聞いたか桜丸。斎世の宮さまや菅丞相さまをつらい境遇に追いやった張本人、時平が来るって。思いきり文句を言ってやろうじゃないか」

「そうしよう、そうしよう。いいところで出くわした」

梅王丸と桜丸は道の左右にわかれ、着物の裾《すそ》を尻《しり》からげにして気合い充分、「さあ来い！」と行列の到来を待ち受ける。

ほどなくして、牛車《ぎっしゃ》の車輪の音があたりに轟《とどろ》きはじめた。商人も旅人も、急いで道の端によける。左大臣藤原時平《ふじわらのときひら》の行列は、天皇の行幸のごとく、装いもきらびやかなものだった。護衛の侍たちが牛車の前後につき従い、都の大通りが狭く見えるほどだ。

時平が乗る牛車の軋《きし》みが近づいたのを合図に、梅王丸と桜丸は木陰から道の真ん中に飛びだした。

「その車、通さん！」

「わわっ、なにものだ！」

と、牛車のそばにいた従者が叫んだ。「なぜ狼藉《ろうぜき》を働く！」

従者は、牛車の進路妨害をしたのが、同僚の松王丸《まつおうまる》の兄弟である梅王丸と桜丸だと気づいた。

「ふうん、なるほど」

と従者は言った。「浪人の身となって給料ももらえず、頭がおかしくなって暴れてるんだな。この車が時平公のものだと知って止めたのか、たまたまなのか、返答によっては容赦しないぞ」

糊《のり》の利いた白い袖《そで》をまくりあげ、従者はいまにもつかみかかってきそうな剣幕だ。

梅王丸はせせら笑った。

「おまえは黙ってすっこんでろ。俺たちの頭は正常だよ。この車を見違えるもんか。時平の車だとわかって、通せんぼしたに決まってるだろ。斎世の宮さまと菅丞相さまは、時平の讒言によって失脚し、没落させられた。その無念は、こちとらの骨の髄《ずい》にまで達してるんだ。ここで会ったが百年目、ってやつだ。桜丸と、この梅王、手に馴《な》染《じ》んだ牛用の竹の鞭《むち》で、時平の尻っぺたを二つ三つ、いや五、六百発ぐらいはペンペンしてやらんと気が済まん！　時平なんて、地位に貪欲《どんよく》、食欲も旺盛《おうせい》の、心身両面ブタ野郎じゃないか。そんな主君の肩を持って、用もなくでしゃばると怪我《けが》するぞ」

事態を察知した侍たちが、梅王丸と桜丸を取り囲み、口々にわめいた。

「どっから湧《わ》いたんだ、この無法者、無礼者めが！　ぶちのめして縛りあげてやる！」

しかし、梅王丸と桜丸の敵ではない。二人は侍たちを次々に取っては投げ、つかんでは叩《たた》きのめした。侍たちはおじけづき、梅王丸と桜丸のまわりには空白の輪が形成された。

騒ぎを聞きつけ、松王丸がやってきた。様子を見て取り、

「命知らずの乱暴者め」

と、いらだたしげに言う。「みなさま、この二人に手出しは無用です。我が主君である時平公のまえで、ご奉公できるいいチャンスだ。兄弟とはちがって私が忠義者だということを、お目にかけましょう。おいこら、梅王、桜丸。俺が引く牛車、止められるなら止めてみろ！」

松王丸は、牛の鼻につけた輪っかを手に取り、牛車ごと引っ張りはじめた。

「へええ、ここに俺たちがいないってんなら、話はべつだが」

と、梅王丸と桜丸は顔を見合わせてうなずきあった。「俺たちを相手に、牛車を三センチでも動かせるもんかな？」

梅王丸と桜丸は、牛車の前面に突きでた二本の棒にそれぞれ手をかけ、「えーい、えいえい！」と押し戻す。これには、立派な牛もさすがによろよろとあとじさった。

松王丸は即座に牛車のうしろへまわり、両手で力いっぱい押す。

「進め！」

「通さん！」

世にもめずらしい三つ子の、さらに兄弟喧嘩《げんか》ともなれば、これはなかなかお目にか

かれるものではない。主君を思う気持ちでは、いずれもひけを取らない三人だ。命のかぎり力のかぎり、牛車を押したり押し戻したり。車輪が地面にめりこみ、薬でもすりつぶしているかのようだ。

　やがて梅王丸が、

「ええい、ぼんくらで邪魔くさいやつめ！」

と、牛の首にかけられていた横木をはずした。自由の身になった牛は、「やれやれ、たまらん」と一目散に逃げていった。

　その場に残された車体が、内側からぐらぐらと揺れた。と思ったら、御簾《みす》と飾りを踏み折り踏み破り、藤原時平がぬうっと顔を出した。留め具に金箔《きんぱく》を押した冠をかぶり、天皇と見まがうような恰好をしている。肌もつやつやと血色がいい。

「うぬぬ、うるさいぞ牛飼いども！　牛にたかって飯を食ってる青蠅《あおばえ》めらが！　牛車の棒にとまって通行の邪魔をする輩《やから》など、とっとと轢《ひ》き殺せ！」

「なにぃ！　そう言うおまえを轢き殺してやる！」

　梅王丸と桜丸は力を合わせ、車体を宙へ持ちあげた。松王丸も、車体をひっくり返されまいと応戦する。双方、ここが勝負どころと揉《も》みあった。一方が右へ押せば、もう一方は左へ。ねじったり上げたり下ろしたり、車体は繰り返し揺さぶられ、祭りの御輿《みこし》みたいなありさまだ。

しばし揺さぶられるがままになっていた時平が、尋常ではない馬鹿力を発揮し、車体のうえでドウッと足踏みした。ものすごい地響きとともに、車体も車軸も粉々に砕け散る。梅王丸と桜丸は呆気《あつけ》に取られつつも、ばらばらと地に落ちた部品を手にし、殴りかかろうと振りあげた。

「ぬう、この時平に向かって、なんたる振る舞い」

時平はくわっと、梅王丸と桜丸をにらみつけた。仏が住むという千世界、その千日ぶんの太陽と月に、一度に照らされたかのような眼光の鋭さだ。さしもの梅王丸と桜丸も、思わずじりじりとあとずさりし、全身がすくんで動けなくなってしまった。ただもう、「くそぅ、せっかくのチャンスだったのに」「無念」と言うばかりだ。

「どうだ、俺のご主人さまはすごいだろう」

松王丸は誇らしげに言い、刀の柄《つか》に手をかけた。「これ以上かかってくるなら、御前でひと討ちにするぞ！」

「まあ待て、松王。待て待て待てぃ」

車体の残骸《ざんがい》のうえに立っていた時平が、地面へひょいと飛び下りた。「金箔をあしらった冠をつけているからには、いまの私は天皇に等しい身。太政大臣《だじようだいじん》となって、天下の政治を一身にになっているのだ。その私の目のまえで血が流れたりなどしたら、吉田神社へ参拝するというのに、穢《けが》れに遭うことになる。身分の低さに似合わぬ松王の働きと忠義に免じ、助けたくもないやつらだが、助けてやろう。ははは、命拾いしたな、ウジ虫ども」

時平は周囲ににらみを効かせつつ、破壊した牛車になど見向きもせず歩み去った。

時平を見送っていた松王丸が、ややあって梅王丸と桜丸に向き直った。

「いい兄弟を持って、二人とも幸せものだな。『死なずに済んでありがたい、かたじけない』と、俺を拝んでくれていいんだぜ」

そう言われて、梅王丸と桜丸はカッと怒りがこみあげた。

「くうぅ。おまえに言いたいことはあるが、親父どのの古稀の祝いが済むまではと、我慢してやってるんだぞ。なあ、梅王」

「おう。親父どのを祝いさえしたら、松の枝を切って切って切り折って、敵《かたき》の根を断ち、葉を枯らしてやる」

「ふん、それは俺だって同じことさ」

と松王丸は言った。「親父を祝ったあとで、梅も桜も散る花びらのように粉々にしてやる。さあ、俺が容赦してやってるうちに、帰れ帰れ」

「なんだとぅ⁉　なんで帰るタイミングをきさまに指図されなきゃならんのだ。余計なお世話だ！」

　またも面突《つら》きあわせ、一触即発で威嚇《いかく》しあう三つ子の兄弟。互いに遺恨を残し、ぷいっと二手にわかれていったのだった。

佐太村《さたむら》の段

　春がめぐってくると、あちこちの村の田畑で、農民たちがなんとなくうきうきと鋤《すき》や鍬《くわ》を振るいはじめる。この時期はまだ、しなければならない作業も多くはなく、どこかのんびりした風情《ふぜい》だ。

　佐太《さた》村は、別名一番《いちばん》村とも言い、菅原道真《すがわらのみちざね》の領地である。この村で特に年嵩《としかさ》の四郎《しろ》九郎《くろう》は、律儀《りちぎ》なのが取り柄で、道真が所有する簡素な別荘の管理を任されていた。庭掃除をしたり、道真が大切にしている松、梅、桜の木の世話をしたりといったことだ。

　四郎九郎は長年、鍬を手に作物を育ててきたので、三本の木の根もとに土をたしたり水をやったりと、自身がすでに老木と言っていい身にもかかわらず、細やかに世話をした。木の生長を見守り、肥料をやる役目は、畑仕事をするのに比べれば楽なものだった。

堤《つつみ》のそばに住む十作《じゅうさく》が、鍬を肩にかけ、

「四郎九郎どん、いるかい」

と門口《かどぐち》から入ってきた。

「おお、十作。畑へ行くところかね」

「いや、いま終わって、家に帰ったんだ。そしたら、うちのかみさんが、『なんだかお祝いごとがあるとかで、四郎九郎さんちから、これをいただいたんだけど』と言うじゃないか。見れば、大きな重箱に、目に入っちまうぐらいのちっちぇえ餅《もち》が七つ。朝に茶ぁ飲むときの茶請けというにも物たりない代物《しろもの》だが、まあ、もらわないよりはありがたい。礼も言いたいしと思って、来たんだ。いったいなんのお祝いなんです?」

「うん、それはな。菅丞相《かんしょうじょう》さまに災難が降りかかってるときに、ご領地に住む俺《おれ》たちが私的な祝いなぞしている場合じゃないけれど、しなきゃならんものだから、まあ一応はするんだ。とはいえ、世間への遠慮もあるから、彼岸団子ぐらいの小さな餅を七つずつ配ることにしたのは、この四郎九郎がちょうど七十歳だからさ。今年の正月、新年のご挨拶《あいさつ》にうかがったとき、菅丞相さまが俺の年をお尋ねになった。『七十歳でございます』と申しあげたら、『それは、古来稀《まれ》な長生きだ。そのうえ、めずらしい三つ子の父親でもある。おまえは朝廷から給金をもらい、三つ子は御所の牛飼いとなって、めでたいことだ。おまえが生まれたのと同じ月、同じ日、同じ時間に、古稀《こき》の祝いをしなさい。その日から名前も改めるといい』と、こうおっしゃってな。なあ、聞いとくれ十作。菅丞相さまは俺に、『白大夫《しらたゆう》』という新しい名前をつけてくださったんだ。伊勢《いせ》の神職かなにかみたいな名だろ？　そして今日が、俺の誕生日。四郎九郎なんていう、白だか黒だかはっきりしない、まだら模様みたいな名前は掃《は》き溜《だ》めへポイ。今日から俺は白大夫になるから、そう心得ておくれ」

「それはめでたいなあ。ついでに聞きますけど、三つ子を生むと給金をくださる、その理由も菅丞相さまにうかがってみましたかね」

「ああ、それはな。死んだ女房が三つ子を生んだときには、『隣近所にどう噂《うわさ》されるだろう。ああ、大変なことになっちまったなあ』と思ったもんだが、三つ子の父親は一代かぎりで、田畑を三反《さんたん》もらえるというじゃないか。しかも、年貢《ねんぐ》もかからないということ。これは日本だけじゃなく、唐《とう》の国でもそうなんだってさ。もっけの幸いとは、このことだ。さらに、三つ子が男の子だったら、御所の牛飼いに。女の子なら、東《あずま》童《わらわ》とやらいう、御所の内侍司《ないしのつかさ》の女官になれるんだとか。法律とは、ありがたいもんだ。

ご主人さまは流罪になってしまわれたが、俺は家を追いだされることもなく、頂戴《ちょうだい》した田畑もそのままだしな。おまえのおかみさんも若いんだから、子どもを作るなら、俺を見習って三つ子にしておくといいよ」

などと話しているところへ、道をたどってやってきたのは、桜丸《さくらまる》の妻、八重《やえ》だ。舅《しゅうと》のお祝いの日だというので、風呂敷《ふろしき》包みを片手に提《さ》げ、「ああ、着いた。ここだわ」と、うれしそうに笠《かさ》を取った。

「おお、八重か。早かったな。ほかのお嫁さんたちも一緒に来たのかい。まあ上がって、楽にしなさい」

「はい。ほかのみなさまは、まだいらしていませんか。遅刻してしまうかしらとあせって、淀川《よどがわ》堤から三十石船《さんじっこくぶね》に飛び乗りました。船足が速いので、疲れもせず、早めに着くことができてよかったです」

「四郎九郎どん」

と、十作が遠慮がちに口を挟んだ。「お客さんらしいから、俺はもうおいとましますよ」

「ええい、十作。四郎九郎だなどと、物覚えが悪いなあ。俺は今日から白大夫だと言ったのに、もう忘れちまったのかい」

「いや、忘れてはいないけども。古稀の祝いのお餅とはべつに、改名祝いのお酒を飲ませてもらわなきゃ、俺のなかであんたはいつまでも四郎九郎だよ」

「やれやれ、酒ならもうやっただろう。それを『飲んでいない』とは、おまえはまだ飲みたりないのか」

「へへ、ぬけぬけと嘘《うそ》を言うじいさまだ。いつ、俺に酒をくれたって？」

「さっき。樽《たる》や徳利《とっくり》は目立つから、餅のうえに茶筅《ちゃせん》のさきで、調味料がわりにぴゃぴゃっと酒を振りかけておいた。だから、古稀と改名、ふたつの祝いはすでに済んでるんだ」

「えー！　うちのかみさんが、『なんだか酒くさい餅だねえ』って言ってた理由は、それだったんだな。ほかの家には、茶筅でちょびっと振りかけた酒でもいいけど、俺とは仲良しなんだから、世間の目を気にして遠慮する必要はないじゃないか。夜にちょっくらお邪魔して、寝酒を一杯ごちそうになるよ。じゃ、お客さん、ごゆっくり」

と、十作は出ていった。

「聞いたかい、八重。いまどきのひとは抜け目がないなあ。俺がうまーく酒をケチったのを見逃さず、寝酒にありつきにくるってさ。はははは、なんとも賢い友だちがあったもんだ」

「いえ、お義父《とう》さまも、あんまりななさりようです。茶筅酒だなんて、聞いたこともありませんもの。そんなちょっぴりのお酒を振りかけただけで済まそうだなんて……、うふふふふ」

「あははははは」

と、嫁と舅は仲良く笑いあった。

梅王丸《うめおうまる》の妻、春《はる》と、松王丸《まつおうまる》の妻、千代《ちよ》は、佐太村への道すがら、まめまめしくタンポポや嫁菜《よめな》を摘んでは笠に入れ、おしゃべりに興じて道草しつつやってきた。目印がわりのクコの生垣を見つけ、

「さあ、ここだ。お春さん、おさきにどうぞ」

「いえ、お千代さんから」

と、兄弟に嫁いだもの同士にもかかわらず、門口で遠慮して譲りあう。その様子を見た白大夫は、おかしがって言った。

「同時に生まれた三つ子の兄弟なんだから、その妻にさきだのあとだのということがあるもんかい。さっきから八重が待ってたんだぞ。ごちゃごちゃ言ってないで、入りなさい入りなさい」

「まあ、お八重さん。ずいぶん早く着いてたのね。ここへいらっしゃる途中に我が家

があるから、この春に声をかけてくださるだろうと、待っていたぶん遅くなってしまって……。あせって道を急いでいたら、お千代さんと行き合ったんです。一緒に来るあいだの手なぐさみに、今日のお祝い用のおひたしにでもしようと、二人して嫁菜やタンポポを摘んできました」

「それは気の利いたことをなさいました。お春さんを誘う約束をしたものの、早くも日が高くなったことに気が急《せ》いて、おうちへ立ち寄ることも忘れてしまっていました。お千代さんと道中で会ったとは、よかったわ」

「本当に、お春さんと会えたのは幸いで、にぎやかな道連れができました」

「それはそうと、お義父さま」

と春が言う。「お料理の準備はできていますか」

「いや、できてない。おまえさんたちにしてもらおうと思ってた。こちゃこちゃと面倒なことはしなくていいよ。今朝搗《けさつ》いた餅で雑煮《ぞうに》を作っておくれ。具はもちろん、昆布でいい。手間がかからないよう茹《ゆ》でておいた。大根も里芋《さといも》もそこにある。ああ、道具やらなにやら、どこにしまってあるかわからんだろう。どっこいしょ」

立ちあがった白大夫を、春は制した。

「いえいえ、今日のお祝いはお義父さまが主役。お料理ができるまで、なにもお気づかいなく、ちょっとお休みになってくださいい。勝手知ったるお勝手、とはいかない、使い慣れない台所ですが」

私たちで必要なものをあれこれ取りだしますから、と三人の妻たちは声をそろえた。

「そうは言っても、立ったついでだ。棚のものを下ろしてやろう。ほらほら、これをごらん。俺のじいさまの代から伝わる根来塗《ねごろぬり》の椀《わん》だ。食膳《しょくぜん》として使う角盆も十枚ある。俺が丈夫でいられるのも、この食器のように、もとがしっかりしたつくりだからだな。とはいえ、手荒には扱ってくれるなよ。食器はもちろん、俺のこともさ。……ああもう、せがれどもは、なぜこう遅いんだろう。来るまでちょっと寝るとしよう」

白大夫は身を横たえ、自身の頭の下に箱枕《はこまくら》を差しこんだ。その枕のように、頑健な老人である。

「ねえ、みなさん」

と春は言った。「お義父さまはああおっしゃるけれど、本当に雑煮だけというわけにはいかないわよね。ご飯も炊かなきゃいけないし、なにはなくとも酢《す》の物《もの》は必要でしょ？　大根の千切りを酢で和《あ》えて、カツオ節を散らして、ね。それに、道で摘んできた嫁菜は、汁物の具にいいと思うの。お八重さん、お千代さん、お願いね。私はご飯を仕掛けますから」

三人はそれぞれ、俎板《まないた》やすり鉢を手にしたり、研いだ米を桶《おけ》から釜《かま》に移して水を量り入れたりした。ご飯を炊くには水がいるが、そこは気心の知れた嫁同士。水入らずの女のみで作業は進む。菜切り包丁でとんとんとんと手際よく、味噌《みそ》を擂《す》る音もごりごりとにぎやかだ。

白大夫が目を覚まし、

「おい、せがれどもはまだ来ないか」

と言った。「今日が俺の七十歳の祝いの日だと、正月から知らせておいたんだから、忘れるはずはないんだが……。そうだ、このあいだ、だれやらが噂していたな。うん、ほらほら、さっきまでいた十作だ。あいつの話では、時平《しへい》どのの牛車《ぎっしゃ》のまえで、三つ子が大喧嘩《おおげんか》をしたそうじゃないか。『おやじさん、聞いたかい』と知らせてくれたんだ。喧嘩の様子を、妻のおまえさんたちなら知っているだろう。牛車近くでの出来事ということだから、時平どのに仕える松王が深く関係しているはずだ。千代、ちょっとこっちへ来て、ことの次第を教えておくれ」

指名を受けた千代は困ってしまった。

「お祝いごとが済むまでは、お義父さまのお耳へ入れないほうがいい、と私たち三人は思っておりました。でも、十作さんとやらが、余計なことをしゃべったようで……。

もう隠すこともできないので、申しましょう。梅王さまと桜丸さまを相手に、うちのひとがいつもの短気のせいで言いすぎ、兄弟喧嘩になったとか。とはいえ、ご心配なさらないで。三人とも怪我《けが》もなく、その場はそれで済みましたから。うちのひとは、なんだかもちゃくちゃ言っていますけれどね。お春さんとお八重さんのところも、そうでしょう。家に不機嫌な旦那《だんな》がいると、鬱陶《うっとう》しくていやよねえ」

「ほんとほんと、お千代さんの言うとおり」

と八重がうなずく。「今日のお祝いをいい機会に、三兄弟を仲直りさせなくちゃ。お義父さまから言っていただかないと、きっとうちのひとは、いつまでも意地を張ると思うんです」

八重は夫の桜丸を思い、白大夫に遠回しに仲裁を願いでた。

「おまえさんたちに聞けばわかるかと思ったんだが、なにがどうなって喧嘩をしたのか、知っていても言わないつもりだね。ああ……」

白大夫はため息をついた。「同じ父母から、ときを同じくして生まれたせがれでも、心はべつべつだものな。よく似た顔を『双子のようだ』というけれど、実際に双子であっても、そっくりとはかぎらない。男女の双子もいれば、顔の似ていない双子もいる。まあ、だいたいは、顔が似ていれば心もよく似ていて、兄弟仲もいいもんだが。

俺のせがれたちは三つ子だが、だれが見ても、同じ両親から生まれたとは思わないだろう。なまぬるい顔が桜丸。理屈っぽい顔つきの梅王丸。見るからになんだか根性の悪そうな面構《つらがま》えなのが松王丸。いや、すまん。千代のまえで、うっかりしたことを言った。気にしないでおくれ。とにかく、怪我がなかったのなら、うれしいことだ。怪我といえば、千代と松王丸の子は元気でいるか。連れてきて、孫の顔を見せてくれればよかったのに……。とかなんとか言ううちに、もう四時じゃないか。俺が生まれたのは、ちょうどいまぐらいの夕刻だったんだ。料理もおおかたできただろう。さあさあ、膳を出してくれ」

「はい。約束の時間も過ぎようというのに、うちのひとも、桜丸さまも松王さまも、なぜ来ないのかしら」

と春は言った。「お千代さん、お八重さん。道に出て、ちょっと見てきませんか。ここでただ待つのもなんだし、三人一緒に行きましょう」

「……いや、おまえさんたちときたら、なにを言ってるんだ。三つ子はすでに来ているぞ」

と、白大夫が突然言った。

「え、来てるって、どこにです。どこどこ？」

春、千代、八重はきょろきょろする。

「ああ、ものわかりの悪い嫁たちだなあ。ほら、梅、松、桜。あの三本の木が子どもらだ。梅王、松王、桜丸。顔ぶれはすべてそろっている。もったいなくも菅丞相さまが、『祝いをせよ』と、噛《か》んで含めるように俺におっしゃったんだ。生まれた時刻とずれるのはよくない。祝儀のときには、いないもののぶんは陰膳《かげぜん》を据えるのがしきたりだ。さあさあ、早く準備を」

白大夫がそう言うので、これ以上引きのばすわけにもいかず、三つ子の妻たちは急いで料理を盛りつけたり、箸《はし》を膳に置いたり、椀の向こうにある小皿にゴマメを載せたりした。

「さあ、まずはお義父さま、この膳におつきくださいませ」

八重は給仕を習ったわけではないが、立ち居振る舞いに関してはいろいろと見聞きしている。配膳のしかたが、どことなく御所風だった。

「うんにゃ、俺も庭へ下りる」

「まあ、地べたに座ったりなどなさっては、冷えて体によくないです。どうかここで」

三人の女は半ば強引に、庭に面した一間《ひとま》に舅のための膳を据えた。それから、めいめいの夫の陰膳を捧《ささ》げて庭に下り、梅、桜、松の木のまえに置く。

「この梅の木が、梅王どの。枝ぶりしゅっとまっすぐに、梅王どのの性格そのもの」

と春。

「男ぶりのよさは、まさにこの木の枝ぶりのよさ。吉野の桜と同じく素敵な、私の夫、桜丸どの」

と八重。

「千代に八千代に添い遂げようと、誓いあった私たち。子どももいる仲なのを象徴してか、この松も若緑色の葉をつやつや繁《しげ》らせ、とっても元気。さあ、松王どのの木にも、お膳の用意ができました。お義父さま、お子さん三人がそろいましたよ」

と千代。

三つ子の妻たちは声をそろえ、

「めでたい食事をはじめましょう。どうぞお箸をお取りになって」

と、白大夫をうながした。

「うんうん、食べよう食べよう。とはいえ、親だからって、えらそうにふんぞり返っているのも、どうもなあ。やっぱり子どもらに挨拶しておこうか」

庭に下りようとする白大夫を、春がとどめた。

「あら、またそんな……。挨拶なんてよろしいじゃないですか。お料理が冷めないうちに、どうぞ召しあがってくださいな」

「いやいや、春。『挨拶なんて』などと言っちゃあいけないよ。親子のあいだであっても、礼儀は大切だ」

白大夫は庭に下り、三本の木に向かって折り目正しく述べた。「子どもたち、なにも準備できなかったが、たくさん食べておくれ。親である俺が庭に下りて挨拶しているのを見ても、おまえたちは挨拶を返せないなあ。木だもんな。それはわかってるから、ズドーンと立ったままでいい、いい。はははは。ほら、餅のおかわりを、それぞれの夫の膳に置いてやりなさい」

三つ子の妻たちにそんな冗談を言い、白大夫は笑った。笑いすぎたせいか足がよろつき、尻餅《しりもち》をつくほどだった。

庭から再び部屋に戻り、ようやく自分の膳のまえに腰を落ち着けた白大夫は、箸を手にした。

「むむう、これはけっこうなお味。うまい、うまい。なにしろ、息子の嫁さんが三人もいるからね、給仕が不公平にならないように、俺は三杯食べるつもりでいるんでありますよ。なんとも大変だ、こりゃ。ははははは。……おや、これは新しい白木の台と、素焼きの杯《さかずき》だね。だれが持ってきてくれたものだろう」

「それはお八重さんが」

と、春が答えた。

「……そうか。気が利くねえ、八重。ありがとう。春も、なにか準備してくれたのかい？」

「いけない、お渡しするのを忘れておりました」

春は袖《そで》から、三本の扇《おうぎ》を取りだした。「なかに描かれているのは、梅、松、桜です。三つ子にふさわしい柄ですし、扇は末広がりの形ですから、お祝いにちょうどいいかと思って」

「おお、ありがとう。めでたい品だ。どんな絵柄なのかは、話を聞いてわかったから、開いて見ることはせず、このままいただこう」

白大夫の機嫌がよさそうなので、千代も袂《たもと》に入れてあった品を差しだした。

「これは、ありあわせの布で私が縫った頭巾《ずきん》です。不器用なもので、上出来とは申せませんが。サイズが合わないようでしたら縫い直します。どうぞかぶってみてくださいな」

「うん、うん、どれもこれも心のこもった、気配りの行き届いたプレゼントばかり。

さあ、祝いの杯も済んだ。俺の膳を片づけておくれ。子どもらの膳は、冷えてしまっただろう。あたたかい料理を盛り直して、それぞれの夫のぶんまで、二人前食べるといい」

「いいえ」

と春が言った。「私たちはもう少し待って、夫がそろいましてから、一緒にお祝いいたします」

「そうかい。そんなら、そうするといい。俺はそのあいだに、村の氏神さまにお参りしてこよう」

「そうなさいませ」

と千代が言った。

「うん、行ってくる。用意しておいた賽銭《さいせん》がそこにあるだろう、取ってくれ。この三本の扇が末広がりの形をしているように、子どもらの将来がいいものになりますようにと、氏神さまにお見せして、お願いしてこよう。ああ、八重はまだ、村の氏神さまにお参りしたことがなかったな。ついでに、一緒に行こうじゃないか。さあさあ、こっちへ」

白大夫は八重を伴い、上機嫌で表へ出ていった。

「ねえ、お千代さん」

と、家に残った春が話しかける。「お義父さまは、お年を取っても物覚えがいいわね。あなたや私は、氏神さまへ行ったことがあるけれど、お八重さんはたしかに、今回がはじめてでしょう」

「そういえば、そうねえ。物覚えのいいお義父さまに似ず、その息子たちの物忘れときたら、度を越してると思わない？　どうして松王どのは、こんなに遅いのかしら」

と、千代は言った。

「うちの梅王どのもね」

「まさか、来ないつもりだったりして……」

「お祝いだっていうのに、今日来ないで、いつ来るのよ。と言ってるそばから、ほらほらそこに、松王丸さまがいらっしゃったわ！」

「まあ、松王どの！」

ようやくやってきた夫を、千代はあきれつつもホッとする思いで迎え入れた。「あなたったら、こんなに待ちぼうけをさせるなんて。約束の時間が過ぎてることに気づかなかったの？」

「ええい、べちゃくちゃうるさい！」

と、松王丸は千代を一喝《いっかつ》した。「仕事が忙しいんだから、しょうがないだろ。時平さまのご用を終えたら行く、と伝えておくよう言ったのに、忘れたのか。……なんだ、梅王も桜丸も、まだ来ていないようだな。親父《おやじ》どのも留守か」

「お義父さまはお八重さんを連れて、ついさっき氏神さまへお参りにいきました。ご兄弟は、まだいらっしゃっていません」

「それ見ろ。おまえは『遅い』と俺をなじるが、俺は時平さまという主人を持つ身なんだぞ。梅王と桜丸は、主人を失い、給料ももらえぬ浪人じゃないか。失業中でプラプラしてるくせに遅刻するやつらにこそ、『遅い！』と言ってやれ。なあ、お春どの。あなたもそう思いませんか」

松王丸の言葉のはしばしから、兄弟に対するしこりが残っていることがうかがわれた。

ちょうどそこへ、梅王丸もやってきた。日が傾きかけていることにあせり、けつまずきそうな勢いだ。

「ああ、お千代どの。今日はご苦労さま」

梅王丸は、松王丸の存在をガン無視して挨拶した。こちらも兄弟喧嘩を引きずっているらしい。

「おい、春。親父どのと桜丸、それに八重さんは、どうしていないんだ」

「いえ、いまも松王丸さまに聞かれたんですけどね。桜丸さまは、まだいらっしゃってないんです。お義父さまとお八重さんは、神社へお参りに」

「ふうむ、なぜ桜丸は来ないんだろう。会いたいやつは来ないで、見たくもない胸くそ悪い顔したやつがいるなんてなあ」

梅王丸にあてこすられ、松王丸も黙ってはいられない。よく言えば一徹《いってつ》、悪く言えば短慮なのだ。

「嫌みったらしい言いかたをしやがって、まじで腹立つやつだな！　言いたいことがあるなら、スパッと言え、スパッと！」

「じゃあ遠慮なく言ってやる。おまえの面《つら》を見るたび、ゲーゲー吐きそうになって困っちまうよ！」

「はははははは！　へえ、言うじゃないか。おかしくって腹の皮がよじれそうだぜ。おい、俺は生まれつき涙もろい性質《たち》でな。兄弟のよしみがあるからこそ、桜丸やおまえみたいな無職のプラプラ野郎のことも、『ガリガリになっちまって、食うや食わずの困窮生活なんだろうなあ』と、心配してやってるんだ」

「ふふん。おまえはそうやって、俺たちのことを『失業した貧乏人』扱いするけどな。

おまえがもらってる給料なんて、ろくなもんじゃないじゃないか。『たとえ鉄の玉を食うことになろうとも、心の汚れた人間からものをもらうな』と、八幡大菩薩《はちまんだいぼさつ》さまだって神託でおっしゃっている。汚い心の時平から給料をもらって、それをありがたがるなんて、おまえなんざ人間じゃない。ニャーニャーすり寄る、猫同然のケモノ野郎だ！」

「なにぃ、ケモノ野郎だと⁉　梅王、おまえべらべらと無礼発言連発しやがって、もう一度言ってみろ！」

「おうよ。お望みなら、いくらでも言ってやる。ねこねこニャンニャン、犬にも劣るケモノ野郎！」

「もう許さん！」

松王丸は刀の柄《つか》に手をかけた。梅王丸も、刃が上向きになるよう鞘《さや》を返し、いつでも抜刀して斬《き》りかかれる構えを取った。そのまま間合いを詰める二人のあいだに、千代と春があわてて割って入る。

「まあ、なんてこと。どうかしてしまったんじゃないですか、松王どの」

千代が夫を抱きとめ、春はといえば梅王丸の刀の柄にしがみついた。

「古稀のお祝いをしにきたのに、親御さんに会いもしないうちに抜刀の構えなどして、なにをするつもりなんです。めでたい日に、刀なんて抜いていいわけないでしょう。ね、あなた、梅王どの」

梅王丸は、妻を柄からひっぺがして突きのけた。

「古稀だろうとめでたかろうと、もうどうでもいい！　俺の堪忍袋は、緒《お》が切れたどころか、袋ごと破裂した。止めても無駄だから、怪我しないよう引っこんでろ！　おい、どうした松王。かみさんが止めてくれたのをいいことに、気おくれしたのか？　口ばっかりの弱虫男め！」

「うぬぬ。勝手に誤解して、そういう無礼発言するのはほんとにやめろ。『よかった、妻が止めてくれた。斬りあいしなくて済んだ』なんて、俺はチラッとも思ってない！　むしろ、おまえのかみさんが、『親御さんに会いもしないうちに』と言ったのが腹にズンとこたえたから、俺はこらえにこらえ、我慢に我慢を重ね……たんだが、もう無理！　真剣を使った勝負は、親父どのに会ったあとだ。それまでにとりあえず、おまえを砂まみれにしてやらんことには、このムカムカを抑えておけん！　千代、これを預かっていろ」

松王丸は、腰に提げていた大小の刀を抜いて放りだし、着物の裾《すそ》をまくりあげて、梅王丸をとっちめる準備をした。

「へえ、ケモノ野郎のくせに、いい考えじゃないか。桜丸が来るまで、おまえの命はおまえのものってことにしておこう」

梅王丸は受けて立ち、松王丸と同じように大小を放り捨てた。「刃物がなければ、血は流れん。春、邪魔するなよ」

言うが早いか、梅王丸はつつっと松王丸に近寄り、縁側から庭へ蹴《け》り落とした。松王丸もただでは転ばぬ。落ちながら素早く梅王丸に足払いをかけたので、両者は重なりあって地面に打ちつけられた。即座に起きあがり、つかみあい、殴りあい、組んでは離れ、離れてはまた組みつき、ねじったり引き倒したり蹴ったり踏んだりと、二人とも腕力も同じなら、血気盛んなお年ごろであるのも同じ。どちらも引かず、もはや根比べの様相だ。

迂闊《うかつ》に夫たちに近づいたら、預かった刀を取られてしまうかもしれない。それが心配で、春と千代は遠巻きに見守るほかなかった。男二人があまりに激しくごろごろ転げまわっているので、近づきたくても近寄れない、という事情もあった。春と千代は、ただはらはらと気を揉《も》み、

「どちらかが勝つことも負けることもなく、二人とも気が済むまで殴りあったでしょう。梅王どの、もういいじゃないですか」

「松王どのも、もうおやめになって」

と、それぞれの夫に声をかけた。

「やめて、やめて」と言う妻たちの言葉にも耳を貸さず、

「勝負がつかないのでは、無駄働きだ。ぶん投げてやる！」

と、松王丸はいよいよ力をこめて梅王丸を押した。梅王丸もひるまずつっかかっていく。梅王丸の肩をひねって脱臼《だっきゅう》させんと、ホールドした松王丸の腕の太さは、まさしく松の木ほどもある。対する梅王丸の肘《ひじ》や腕も、これまた梅の木ぐらいがっしりしている。両者は互いの腕を絡めあい、ひねりあって、ぐいぐい押しあった。その拍子にバランスを崩し、ともに桜の木へと倒れこむ。衝撃で、桜の木は地面から十五センチほどを残し、ぽっきりばっさりと折れてしまった。

白大夫が大切に世話をしている桜の木が、折れた！　あまりの事態に、驚いたのは春と千代だ。梅王丸と松王丸も、思いがけない出来事に当惑し、相撲《すもう》の勝負はつかないまま、手についた泥を払った。

そこへ早くも、白大夫と八重が神社から戻ってきた。

「ああ、どうしよう。お義父さまが帰ってらっしゃいました」

「白大夫さまのお帰りです」

春と千代の言葉を耳にし、梅王丸と松王丸は、襟《えり》が乱れてむきだしになっていた肩をきちんと着物で覆い、からげていた裾も下ろした。

妻たちに預けていた大小の刀を腰に差すか差さないかのところで、白大夫が二人のまえに現れる。年老いた親とはいえ、親であるからにはこわい存在だ。梅王丸と松王丸は、室内にも上がらず庭で平伏《へいふく》し、

「本日はまことにおめでとうございます」

と挨拶した。親のいぬ間に大乱闘をやらかし、そのうえ桜の木まで折ってしまったため、恥ずかしいやら気まずいやらで、どうしていいかわからずもじもじするばかりだ。

白大夫は上機嫌な様子だった。

「三人のお嫁さんたちがさきに来て、古稀の祝いをしてくれたから、今日の会はスムーズに済んだよ。時間を知らせておいたのに、おまえたちが遅刻したのは、なにか事情があったにちがいない。よく来てくれたなあ、梅王、松王。ようこそ、ようこそ。ああ、春、千代。煮つまってしまっただろうが、二人に祝いの雑煮を食べさせてくれたかい」

折れた桜が視界に入っているにもかかわらず、白大夫は「だれがやった」と咎《とが》めも

しない。親として子どもたちを叱《しか》って当然の局面なのに、桜の木の件については知らん顔だ。どうも白大夫には、一人で内心に抱えこんでいる、なんらかの思いがあるようだった。

梅王丸は、用意しておいた手紙を懐《ふところ》から出し、

「お祝いが済んだので、私の心からのお願いをお伝えしたく、ここに書いてきました」

と、白大夫のまえに差しだした。すると松王丸も、まるで申しあわせてきたかのように、梅王丸と同じ行動に出た。

「私のお願いも、ここに」

と、やはり白大夫のまえに手紙を置いたのである。

白大夫は笑って言った。

「気やすいのは、親子、兄弟、夫婦の仲だ。ここには親子、兄弟、夫婦しかいないというのに、お願いを口で言わず、こんなかっちりした願い書きを書いてくるとはなあ。じゃあ、俺もきりっと、代官所みたいに肩肘《かたひじ》張って、願い書きを吟味《ぎんみ》しよう」

二通の手紙を手に取り、つぶさに目を通しはじめる。ぶつぶつと口のなかだけで読みあげているので、梅王丸と松王丸の「お願い」がなんなのかは聞き取れなかったが、

春と千代は、夫の願いごとの内容をすでに知っているはずだ。八重だけがなにも事情がわからず、気を揉んでいた。

「『お義父さまにお願いし、今日じゅうに三つ子を仲直りさせてもらおう』と、女同士で打ちあわせしていたのに……。千代さん、春さん、これはいったいどうしたこと？ ああ、なにを言ってもどうしようもない。うちのひと、桜丸どのがいらっしゃらないんだもの。いろいろ心づもりしていたことが、全部ふいになってしまったわ。桜丸どのったら、道でめまいでも起こして倒れてるんじゃないかしら……」

八重は、まだ来ない夫を案じるやら、梅王丸と松王丸の「お願い」がなんなのか気になるやらで、首をひねりひねり、あれこれ心配するのだった。

白大夫は二通の手紙を読み終え、

「おい、梅王」

と言った。「おまえの願いは、『旅に出るから、いとまをくれ』とのことだが。ううむ、推測するに……。ほかでもない、あれだろ、流刑になった菅丞相さまのところへ行くつもりだろ」

「はい、おっしゃるとおりです。都の立派な御殿に比べ、流刑地ではボロ屋にお住まいで、ご用を聞くひともおそばにいないと思うのです。そこで、この梅王が現地に赴《おもむ》き、ご奉公しようと思いまして。長男なのに勝手を言ってすみませんが、おいとまをください」

「うむ。恩を知らないやつのことを、『人面獣心』というんだ。ひとの顔をしていても、心はケモノってことさ。流刑地へ行ってご奉公をしたいとは、どうやら、恩を知らぬケモノとはかけ離れた心がけのようだが……。おい、どうなんだ。奥方さまや若君さまにおいては、お変わりもなく、どこでお暮らしなのかもちゃんと把握したうえで、おまえは菅丞相さまのところへ旅立ちたいと言ってるんだろうな？」

「いえ、奥方さまには、あの一件以来お会いしておらず、居場所も知りません。しかしまあ、所詮《しょせん》は女性ですから、若君である菅秀才《かんしゅうさい》さまの重要性とは格段の差があります。菅秀才さまのことは、きちんと居場所を把握しており……」

と言いかけた梅王丸は、かたわらにいる松王丸をチラッと見、「きちんと居場所を把握してはおりませんが、お元気でいらっしゃるとの噂を聞きました」

と、警戒して言い直した。

「やい、馬鹿もん！」

白大夫は憤る。「大切な菅秀才さまなんだぞ。お元気だという噂を聞いただけで、お会いもせず、居場所も知らないとは、どういうことだ。そんな調子で、忠義を果たせると思ってるのか！　『所詮は女性』なんぞとも言っていたが、奥方さまはお仕えすべき主《あるじ》だぞ。おいこら、梅王！　菅丞相さまは、流刑地でとても不自由にお暮らしとはいえ、おそばでご用をうかがう役ぐらいは、この白大夫にだってできる。なんたって、座ったままにじり寄っていけばいい役目なんだからな。年寄りの俺に最適だ。菅丞相さまと縁のあるものを根絶やしにし、葉っぱ一枚残すまいと、讒言《ざんげん》したものどもが鵜《う》の目鷹《たか》の目で探しまわって、油断できない昨今なんだぞ。なのに、若くて活力満点、働きざかりのおまえに、『いざというときに身を惜しまず、お役に立とう』という気概《きがい》がなくてどうする！　『菅丞相さまのおそばで、座ったままにじり寄ってくご用聞きの役目をしようと思いまーす』って、おまえ、命を惜しんでるのか！　敵にびびっておるのか！　旅に出たいなんて願いは、却下だ却下！」

願い書きを梅王丸の顔面へ投げつけ、白大夫はぎっとにらみつけた。その怒りももっともだと、梅王丸夫婦は反省しきりで、深く頭を下げた。

「さて、と」

白大夫は、今度は松王丸に向き直った。「松王。手紙によると、おまえの願いは、『勘当《かんどう》してほしい』ということだな。はあ……。はは、子どものほうから勘当しろと言ってくるなど、神武《じんむ》天皇の御代《みよ》からこのかた、聞いたこともない願いごとだ。ははははは。空前絶後の不孝者だよ、おまえは。あんまりめずらしい願いだから、聞き入れてやろう」

父親から許しが出て、松王丸は喜び、勇み立った。

「ありがとうございます！　親子兄弟の縁を切りたいと願う、その理由も聞かずにお許しくださったのは、この松王の、主人への忠義の思いを推察なさってのことですよね」

「わはははは。なるほど、口ではなんとでも言えるもんだ。もっともらしく『主人への忠義』だなどと、おかしくってへそで茶を沸かしちまうわい。いいか、忠義の道にもいろいろあってな。道を横に横にと行くのを、『カニ忠義』というんだよ。『カニは甲羅《こうら》に似せて穴を掘る』って諺《ことわざ》があるだろう。つまり、カニは自分の甲羅に合ったサイズの穴しか掘れない。ひとだって同じだ。おまえの願いごとから、人間性が透けて見えるってもんだ。『勘当されれば兄弟の縁も切れるから、時平さまに敵対するようなら、梅王と桜丸を心おきなく斬って捨てられる』。おまえの考えは、おおかたこんなところだろう。もちろん、善悪を云々《うんぬん》せず、闇雲《やみくも》に主人へ忠義を立てることはできるさ。だがな、『親の心に背《そむ》くことは、すなわち天の道に背くことだ』というんだぞ。願いをかなえてやったんだから、このひとでなしめ、早く帰れ！　ぐずぐずしていると、親子の別れの記念に、竹箒でぶん殴るぞ！」

白大夫は青筋を浮かべて怒鳴った。思惑どおりの展開になったので、松王丸は「来い！」と千代の腕をつかみ、強引に連れだした。千代にとっては義理の仲とはいえ、親兄弟、特に春や八重とお別れするのが悲しくてならず、せめて最後に顔を見たいと思っても、涙で目も開けられないほどだった。千代は袂《たもと》が絞れるほど泣きながら、松王丸に引っ立てられるまま、白大夫の家を出ていった。

「はー、やれやれ。面倒なやつを片づけた」

と、白大夫は言った。「そこの馬鹿もん。奥方さまと若君さまの行方《ゆくえ》を探しにいけ。さっさと行け！」

有無を言わせぬ口調の白大夫に、梅王丸はもごもごと尋ねた。

「しかしそうなりますと、菅丞相さまの流刑地には、だれが……」

「ええい、俺が行くに決まってるだろ。さあ、早く出ていけ、出ていけ！」

連発される「出ていけ」に恐れをなした春は、

「八重さん。あとで、お義父さまによろしくお詫《わ》びをお伝えしておいて」

と急いで言い、梅王丸とともに門口を出た。それを見届けた白大夫は、なにやら緊張の面持《おもも》ちでごくりと唾《つば》をのみ、奥の部屋へと消えた。

松王丸夫婦、梅王丸夫婦と別れ、一人取り残された八重は、どうしたらいいのやら途方に暮れた。物思いにふけりながら門口に立ち、夫である桜丸の訪れを待つほかない。


すると思いがけず、桜丸が納戸《なんど》から現れた。刀を片手ににっこりと笑い、

「八重、待っただろう」

と言う。八重は背後からかけられた声にびっくりし、振り返って桜丸のほうへ走り寄った。

「やだ、いつのまに。私がこんなに心配してたのに、こっそりうしろに立って驚かせるなんてひどいわ。あなたたち兄弟のことで、お義父さまが怒ってらっしゃったのよ。そのときは出てきもしないで、まあ、どうしてあなたは納戸のなかになんていたの？　ねえ、ねえ、どうして？　どういうことなのか教えて」

と、事情を知りたがるのも当然というものだ。


そうこうするうち、白大夫が奥から戻ってきた。なんとなくしおたれて、元気がない。八重からもらった白木の台に、小脇差《こわきざし》を載せて捧げ持っている。小脇差には、「食出鍔《はみだしつば》」といって、鞘《さや》よりも少し直径の大きな鍔がついていた。

白大夫は寄る年波のせいか、車輪のメンテナンスが行き届いていない牛車のように、

覚束《おぼつか》ない足取りだ。もとは斎世《ときよ》親王にお仕えする牛飼いだった桜丸のまえに、台に載せた小脇差を置く。

「用意ができたようなら、さあ早く」

と、白大夫は言った。八重はまたしてもびっくりし、

「これはなんなんです、お義父さま」

と言った。「桜丸どの、どういうこと？　これって、腹を切る用意じゃありませんか。いったいなぜ、あなたが死ななきゃならないの！　腹を切らなければならない、ちゃんとした理由があるなら、私も未練なことなんて言いません。……どうして黙ってるの？　じゃあ、お義父さまにお願いします。どうか、うちのひとが腹を切らねばならぬ理由を聞かせてください。一言だけでもいいのです。お願いだから、私を納得させて。どうか、どうか……！」

あまりのことに、八重は拝むように手を合わせ、ただ泣くしかなかった。

「八重。そんな手間をかけさせるようなこと、親父どのに言っちゃいけない」

桜丸は優しく妻をたしなめた。「俺たちは夫婦として、これまで仲良く暮らしてきた。ほかならぬおまえには、俺の思いと考えをすべて説明しよう。俺の主人は、俺などが『ご主人さま』と呼ぶのも恐れ多い斎世の宮さまだ。俺は農民の子だが、菅丞相

さまに目をかけていただいた。親父どのには給金をくださり、俺たち三つ子の名づけ親にまでなってくださったんだ。菅丞相さまが大切にしておられる松、梅、桜にちなみ、松王丸、梅王丸、桜丸、とね。こわいぐらいにありがたく、もったいないかぎりだ。元服のときなんて、菅丞相さまが烏帽子《えぼし》親《おや》として、俺たちに烏帽子をかぶせてくださったんだぞ。これ以上のご恩はないほど、お世話になった。さらには、高級貴族のところで働けるよう、職の斡旋《あっせん》もしていただいた。そんな三つ子のなかでも、俺は特に幸せな身の上だ。貴族はひとの子だが、親王さまは天子さまのお子。そういう皇族がたがお住まいの、御所で働くことができたんだから。そのうえ、下っ端のなかでも下っ端な牛飼いにもかかわらず、もったいなくも斎世の宮さまのおそば近くで仕えるのを許された。宮さまと菅原家の刈屋《かりや》姫《ひめ》さまとがやりとりする恋文を、俺が運んだりしてさ。ところが、それがまずかった。あることないこと言い立てるやつらの策略にはまり、斎世の宮さまに恋愛スキャンダルが降りかかってしまったんだ。とうとう、『謀反《むほん》だ』などと、ことが大きくなり、菅原家は没落するはめになった。そんな事態に陥《おちい》ったからには、もうどうしようもない。斎世の宮さまと刈屋姫さまはそれぞれ、当面は落ち着ける場所を得た。それを見届けた俺に、ほかにできることといったら、自害して心を表すしかない。俺は宮さまへの忠義も、菅丞相さまへの恩義も、決して軽んじるような人間じゃない、って。わかるだろう? 今朝、早くにここへ来て、俺はいま言ったようなことを親父どのにお伝えし、『もう生きてはいられないのです。これが最後のお願いです』と、腹を切るお許しをくださるよう申してた。親父どのは聞き届けてくださったよ。それで、こうして切腹用の刀を……、息子が腹を切るための刀を、親の身で手ずから渡してくださったんだ。おまえからも、親父どのにお礼を申しあげてくれ。俺が死んだあとも、俺に代わって、親父どのに孝行を頼む」

八重は声を上げて泣いた。

「わかりません! 宮さまと姫さまの恋を取り持ったことが、あなたの命取りとなったというんですか? そのせいで宮さまに悪評が立ち、菅丞相さまが流刑に処せられることになってしまったから、責任を取ってあなたが腹を切ると? だったら、この八重も同罪、生きてはいられません! だって私も、お二人の恋を取り持ったんですもの! なのに私だけ生きのびて、お義父さまに孝行しろだなんて、よくそんな情のないことを言えますね。もっとむごいのは、『俺は腹を切るから、親父どのに礼を言え』とおっしゃったことです! なんのお礼なんですか、わけがわからない! そんな無理なことを言ってる暇があるなら、なぜ、『一緒に死んでくれ』とおっしゃってくださらないの。ねえ、あなた、どうか私の願いをかなえてください。死ねと言って、ねえ、お願い！　お義父さまも、なにかいいお考えはありませんか。うつむいてばかりいらっしゃらないで、よい知恵を絞りだしてくださいませ。夫の生死は、お義父さまのお言葉にかかっています。お義父さまは、悲しくはないんですか？　親の手で白木の台を運び、腹を切る刀を渡すなんて、あんまりです」

身を投げ伏し、恨み言を言ったり懇願したりする八重は、悲しみに悶《もだ》え、苦悩が極まって、もはや狂乱の様相を呈している。

白大夫は顔を上げた。

「息子に『死ね』と言って切腹用の刀を渡すなど、むごい親と思うのももっともだ。言い訳するつもりはないが、聞いておくれ。俺の祝いの日だから、今朝はいつもより早く起きて、門口の戸を開けたんだ。すると、桜丸が立っていた。『おお、ずいぶん早く来てくれたんだな。歩きだと、夜通しかかっただろう。それとも、船で来たのかい。まあ、とにかくこっちへ』と招き入れ、いろいろ聞いてみたら、さっき桜丸が説明したような次第だった。俺のようなもんのせがれにしては、びっくりするほど殊勝《しゅしょう》な心がけじゃないか。もちろん、必死で止めたんだが、ちっとも聞き入れない。俺にできたのは、『今日の古稀祝いが終わるまで、八重が来ても会わせん。俺が出ていいと言うまで、納戸のなかに隠れていろ』と言いつけ、桜丸の命の期限を少しでも先延ばしにすることだけだった。桜丸を助けていいのか悪いのか、俺ではどうにも判断しかねる。ここは神さまのご加護にすがるしかないと思って、春が祝いにくれた三本の扇を、神社へ持っていった。扇の絵柄が梅、松、桜だったのをこれ幸いと、子どもたちの行く末を祈るふりをして、氏神さまの社《やしろ》に並べて置く。そして心から、『桜丸の命をお助けくださいと祈ったよ。『扇は畳んであるので、絵柄は見えません。私はこれから、おみくじの要領で、三本のうちの一本を手にします。桜丸に生きよと思《おぼ》し召されるなら、どうか最初に、桜の絵柄の扇を取らせてください。神よ、どうか扇に乗り移りたまえ……!』。最後にもう一度、祈り念じたのち、扇を取って開いたら、梅の花の柄!『南無三《なむさん》、俺の願いはかなわないというお告げか』と、目のまえが真っ暗になった。神さまのお心を疑うことになるから、本来なら、おみくじを引き直したりはしないもんだ。だが、桜丸を助けたい一心で、二本目の扇を手に取った。今度も桜ではなく、松の絵だった。頼みの綱を失い、気力も抜け落ちて家に帰ったら、庭の桜の木が折れている。これも運命、前世から決まっていた業《ごう》なんだと諦《あきら》めて、切腹用の刀を渡したというわけなんだ。俺はきっぱり、泣かぬことにした。八重、おまえさんも泣くのはおよし」

と言うそばから、白大夫は「うぐうぐ、うぐぐぐ」と声を押し殺して涙を流す。

「ほら、聞いたか、八重」

と、桜丸は言った。「親父どのは俺の命を惜しみ、老いた身でこんなにもお心づかいをしてくださったんだよ。父さん、慈《いつく》しんでくださったご恩もお返しできぬまま、先立つ不孝をお許しください。身分いやしい俺ですが、恥を知る心はある！　義のために死ぬのです」

八重は泣きたかったが、こらえた。これが今生のお別れなのかと思えば、視界を涙で曇らせるわけにはいかない。台を手に取って小脇差を押し戴《いただ》く桜丸の、決意に満ちた姿を目に灼《や》きつけたい。

白大夫は目をしばたたき、

「潔いせがれの切腹。介錯《かいしゃく》は、親である俺がする。見てくれ、使う刀はこれだ！」

と、懐からなにかを取りだした。桜丸と八重は見た。白大夫が手にしていたのは、日ごろ念仏を唱える際に使っている鉦《かね》と撞木《しゅもく》だった。

「この刀で介錯すれば、仏道修行をしたのと同じほどの法力を得られるから、未来永《えい》劫《ごう》、迷うことなく成仏できるぞ。阿弥陀仏《あみだぶつ》のお名前は、鋭い剣のように煩悩《ぼんのう》を切り裂くという。安心しろ、桜丸」

白大夫はそう言って、撞木で鉦をカンカンと打ち鳴らしはじめた。しかし、その鉦の音《ね》は悲しみで乱れがちである。

「南無阿弥陀、南無阿弥陀。南無……阿弥陀……。なんまいだ、なんまいだ、南無阿弥陀。なんまいだなんまいだ」

白大夫の念仏の声に合わせ、桜丸は襟をくつろげた。三十センチほどの小脇差を左の脇腹に突き立てる。耐えきれず八重が泣き声を上げ、白大夫が鳴らす鉦はますますリズムが狂っていく。なんまいだなんまいだなんまいだなんまいだなんまいだ。桜丸は右の肋骨《ろっこつ》に向けて小脇差を引き、えぐるようにしながら、

「すみませんが介錯を……、お願いします」

と苦しい息で頼んだ。

「おお、介錯しよう」

桜丸の背後にまわった白大夫は、撞木を振りあげ、「南無阿弥陀仏！」とひときわ大きな声で叫んで、強く鉦を打ち鳴らした。それを合図に、桜丸は小脇差を腹から引き抜き、しっかりと握り直して、己《おの》れの喉笛《のどぶえ》をかき切った。直後、桜丸の体はまえのめりに倒れ伏す。もう息が絶えていた。

八重の覚悟もまた、揺るぎないものだった。遅れを取るまいと、夫の血に濡《ぬ》れた小脇差を素早く手にする。そのとき、カラタチの生垣の陰から、梅王丸と春が駆け寄っ

てきた。

「バカな真似《まね》はよすんだ！」

梅王丸は八重の手から小脇差をもぎ取り、かたわらへ投げ捨てた。そして、白大夫のまえにかしこまって手をつく。

「さきほど、『帰れ』と親父どのに言われ、表へ出たのですが、桜丸がついに来なかったことが、どうにも不思議に思えてならず……。菅丞相さま秘蔵の桜の木が折れたのに、親父どのが事情を聞こうともなさらないのも、引っかかる。なんだか変だなと思ったので、裏からこっそり戻り、一部始終を盗み聞きしていました。折れた桜とともに、桜丸の命も枯れたのだと思うほかありません……。兄弟の最期を遠くから見守りながら、親父どのの鉦の音に合わせ、夫婦そろって小声で念仏を唱えておりました。まだ若い身で、桜丸も惜しいことになってしまい……」

悔しがり残念がる梅王丸夫婦も、梅王丸の言葉を聞いた白大夫も、死ぬこともできなかったと嘆く八重も、涙ながらに「南無阿弥陀仏」と唱え、白大夫が最後に一度、カンと鉦を打った。

白大夫は撞木の代わりに杖《つえ》を持ち、笠をかぶる。道真のあとを追って、少しでも早く、流刑地である筑紫《つくし》へ行かねばならない。

生きて旅立つ白大夫に引き替え、桜丸の魂魄《こんぱく》は来世への旅立ちをする。

「桜丸の亡骸《なきがら》は、梅王丸夫婦に任せるぞ」

と、白大夫は言った。夫を亡くしたばかりの八重についても、こまやかに面倒を見てやってほしいと、あれこれ頼む言葉が白大夫の置き土産《みやげ》だ。桜丸に持たせる冥土《めいど》の土産は、ただ念仏のみ。四人は口々に唱えた。

「南無阿弥陀仏。なんまいだ、なんまいだ。南無阿弥陀仏、なむあみだぶつ、なむあみだぶつ」

あみだに笠をひっかぶり、西へ向かうは白大夫。「西方浄土」というからには、極楽もまた西にあるらしい。桜丸はそこへ行く。生者の役目は、桜丸をあの世へ見送り、白大夫の出立《しゅったつ》を見送ること。

梅王丸は生きて忠義を果たし、桜丸は死して義臣となる。一本の桜ははかなくも枯れ、残る二本は松と梅。三つ子の親、白大夫が佐太村に住んでいたと、のちの世まで知られているのは、佐太天満宮《てんまんぐう》に「白大夫祠《ほこら》」がいまもあるからだ。これも天神《てんじん》さまとなった菅原道真のお恵みだろう。

四段目

筑紫《つくし》配所《はいしょ》の段

「きみを思えば、ヨーほいほい、結ばれた糸がハラリと解ける。とはいかないのが心ってもので、なかなか打ち解けてくれぬきみ。ああ、つらい。そう、すごーくつらい」

という歌がはやっている昨今だが、流刑地の筑紫《つくし》でつらい年月を送る菅原道真《すがわらのみちざね》の身の上も、思えばいたわしいかぎりである。

無実の罪を着せられ、粗末な小屋に寝起きする日々は、昨日と今日の見分けがつかないほど曖昧《あいまい》に流れていく。気づけば早くも延喜《えんぎ》三年、旧暦の二月半ばとなった。春めく空の下、白大夫《しらたゆう》は放牧中の牛の背に道真を乗せ、緑を濃くしつつある山々を眺めながら歩いている。

「こういう田舎《いなか》の村で歌われる歌が、わしは好きでしてね。『きみを思えば、ヨーほいほい』。はははは、はあ……。お気晴らしにでもなればと歌ってみましたが、こんなしわがれたドラ声ではねえ。耳もとでがなりたてて、牛くんにも申し訳ないや。それにしても、見れば見るほど見事な毛並みの牛ですな。角の形と角度、目の位置と輝き。体格と頭の大きさとのバランスも取れているし、がっしりした骨格で肉のつきかたもいい。全身が黒一色の毛で覆われた、まっくろくろな黒牛だ。いやあ、舶来物の繻子《サテン》でも、これほどの色艶《いろつや》のものはないですよ。まさに、『天角地《てんかくじ》眼一黒直頭耳小《がんいちこくろくとうにしょう》歯違《はちがう》』だ。素晴らしい牛でございますなあ、ちょっくらちょい」

白大夫はひとしきり牛を誉《ほ》め、感心のあまり、最後に意味不明な囃《はや》し言葉までつけ加えた。

聞き慣れない言いまわしの連発に、道真は「はてな」と思った。

「なあ、白大夫。春は牛を使って田畑を耕し、秋は牛の背に刈った稲を載せて運ばせるのだろう。農作業の助けとなる牛のことを、農民のおまえはよく知っているはずだ。『天角地眼』というのは、牛の角と目についてのことだと、私にもわかる。だが、『一《いっ》石六斗《こくろくと》二升八合《にしょうはちごう》』とは、牛を買うときに代金を米に換算して、升《ます》で量るのだろうか？知りたいから、説明してくれ」

「ええ？　これはびっくりですな。この世界のありとあらゆることを、すべてご存じの丞相《しょうじょう》さまなのに、よもや牛について知らないことがおありとは。丞相さまに質問されるなんて、農民に生まれた甲斐《かい》があったなあ、へへ。無礼ではありますが、それではわしが、牛に関する講釈をいたしますんで、ご静聴ください。俵《たわら》に米を入れるときなんかには、『一石《いっこく》、二石』という単位で数えますが、『一黒《いちこく》』はそれとはまったくちがいます。牛の毛色は、黒が極上とされとりますんで、『第一に黒』という意味で『一黒』です。次に、『直頭《ろくとう》』ですが、『頭《とう》』は、『斗《と》』ではなく、漢字だと『かしら』ですな。つまり、どういう頭のつきかたをした牛がいいのか、説明した言葉。左右どちらにも傾かず、真ん中にちゃんと収まってる頭を『直頭』といって、そういう牛を選べということです。『耳小《にしょう》』は『二升《にしょう》』ではなく、『耳が小さい』と書きます。牛の耳は小さいに越したことはない、と言われとるんでございますよ。さて、『歯違《はちがう》』ですが、牛公は食べた草を反芻《はんすう》しては、もにゅもにゅと嚙《か》んでいますでしょう。このとき、上下の歯がぴたっと合わさる生えかたより、少々ずれた生えかたのほうが、草をよくすりつぶせるらしいんですな。よって、『八合《はちごう》』ではなく、上下の歯の嚙みあわせが食いちがっているかチェックせよ、という意味。これらの条件を順に言えば、『一石六斗二升八合』ならぬ、『一黒直頭耳小歯違』となるわけです。牛の講釈は、モーこれでおしまい」

「ほほう。本当に、『専門分野に邁進《まいしん》するひとは、賢く知恵がある』というものだな。白大夫が説明してくれたおかげで、私もひとつ賢くなったよ」

道真に感心された白大夫は、

「そんなふうにおっしゃっていただけるなんて、ひゃあぁ」

と、うれしさと照れくささに身をくねらせた。「……わしは親の代から丞相さまのご領地で田畑を耕し、三つ子のことまでお世話になってきました。ご恩という言葉では言い表しきれないほどのご恩を受け、寝ているあいだですら、丞相さまへの感謝の心を忘れず暮らしております。ところが、そんなわしとちがって、三人のせがれどもときたら……。一人は死んでしまい、残る二人はといえば喧嘩《けんか》をしている。そんな面倒なやつらなぞ放置して、わしがこの太宰府《だざいふ》へ馳《は》せ参じたのは、去年の三月のことでしたなあ。一年間、おそばで拝見してきましたが、なんだかさびしいほど不自由なお暮らしぶりで、月見にも花見にもおでかけになることがない。それが今日は、どういうお気持ちの変化があったのか、『牛を引け』とおっしゃる。わしの皺《しわ》も、曲がった腰も、ピンとのびる気がいたしますよ。のびるといえば、どうです、こののびやかな春の野原。ああ、心が晴れ晴れとしてくるなあ。安楽寺《あんらくじ》へご参詣《さんけい》になるのは、ご帰京を祈願なさるためですよね？」

「いや、そうではないよ。私は罪を犯したわけではないのだから、仏さまをわざわざ煩《わずら》わせてまで、自分の身の上を祈るつもりはない。すべては讒言《ざんげん》したものたちの計略だ、と主上《おかみ》がお知りになれば、私の無実もおのずと世間に伝わり、『都に帰ってくるように』とのお許しも出るだろう。それまでは、私は月にも花にも目を向けない。私心なき臣下の思いを、主上はご存じなくとも、天は必ずご覧になっている。そう思っていたところ、今朝《けさ》がた、不思議な霊夢を見た。安楽寺へ行くことにしたのは、そのためだ。昨晩、寝るまえに、『二月になり、私が大切にしていた梅の木も花盛りとなっているだろうなあ』と、都で暮らしていた家に思いを馳せた。そして、ふと枕もとの硯《すずり》を引き寄せ、心中の思いを筆に任せて書きつけたのだ。

東風《こち》吹かば匂《にほ》ひをこせよ梅の花主《あるじ》なしとて春な忘れそ

(梅の花よ、東風が吹いたら、おまえの香りを筑紫まで届けておくれ。私がいないからといって、春を忘れてはいけないよ)

そのあと、うとうとしていたら、言語に絶する素晴らしい童子が枕もとにお立ちになり、『おまえは情け深く、仁義を守る忠臣だ。その勤めぶりと心がけに、心を持たぬはずの草木までもが、かわいがってくれた主であるおまえを慕っている。花はしゃべることができないが、おまえを慕っているという証《あかし》が安楽寺にある。お参りがてら、見にいくといい』とおっしゃった。これは神仏のお告げにちがいないから、安楽寺へ行くことにしたのだよ」

道真がそう言っているところへ、安楽寺の老住職が、杖《つえ》を頼りによぼよぼと歩いてきた。道真に気づき、腰をかがめて近寄ってくる。道真は牛の鞍《くら》から降り、

「ご住職、どちらへ？　私はちょうど、あなたのお寺へ行くところなのです。ここで会えて、よかったよかった」

と声をかけた。

「はあ、拙僧もちょうど、あなたさまにお目にかかりたく、そちらへうかがおうとしているところでした。その理由は、ほかでもない。昨夜、不思議な霊夢を見まして、『菅丞相《かんしようじよう》が愛し慈《いつく》しんでおられる梅の木を、流刑地の主に見せなさい』とのお告げがあったのです。そのお告げに違《たが》わず、観音堂の左手に、夢で言われたとおりの梅が一晩のうちに生えておりました。いやはや、不思議なこともあったものです」

住職の語った内容は、最前、道真が白大夫に語り聞かせた夢と、まさにどんぴしゃ

り。二人して正夢《まさゆめ》を見たわけで、人智を超えた符合と言うほかない。「ここから寺まではすぐだから」と、道真は住職と一緒に歩いて安楽寺へ行き、境内に入った。すると、袖《そで》に香を焚《た》きしめたかのように、かぐわしく濃厚な香りがあたりに漂っていた。なつかしい、あの梅の香りだ。

「しばらくこちらで眺められるとよろしいでしょう」

住職は、梅の木のそばに簡素な腰かけを設置し、敷物を敷いた。菓子や竹筒に入れた酒も運んできて、もてなしてくれる。

白大夫は、とことこと梅の木の根もとを覗《のぞ》きまわった。

「こりゃあ不思議。いやあ、めずらしいこともあったもんだ。ねえ、丞相さま。道すがら、ご住職の夢の話を聞いて、『へへ、なにをおっしゃってるのやら。そんなことがあるもんか』と、わしは疑ってたんですよ。もっともらしい嘘《うそ》にちがいない、ってね。ところが、来てみてびっくりだ。この梅の枝ぶり、花の香り。佐太《さた》村にある丞相さまの別荘で、わしがお預かりしていた、まさしくあの梅じゃないですか。うん、まちがいない。おんなじ木です！　ああ、神仏のお告げに、疑いの余地はないものなんだなあ。桜丸《さくらまる》の一件で、そのことは思い知っていたはずなのに、俺《おれ》ときたら……。いや、もう言うまい。梅の木が元気そうでよかった。俺が筑紫へ来てからは、水の一杯も飲ませてもらっていないだろうに、むきむきとした幹の色と艶。芽の出た細い枝も、すくすくのびてるな。そしてまあ、うじゃうじゃと咲きすぎなほど、たくさん花をつけて。梅干しを漬けるとなったら、二、三十升ぶんぐらいは実が採れるぞ。梅の木がお寺の敷地にお邪魔しておりますんで、四、五升でしたら、年貢《ねんぐ》がわりに梅干しを納めさせていただきますよ。残りはわしの腹に収める。ははは。まずはいま、腹に収めたいものがあるなあ。お酒をごちそうになりましょう。ああ、お酌《しゃく》係さん。そんなちっちゃなお猪口《ちょこ》ではまどろっこしい。わしの杯《さかずき》は、いつでもこの茶碗《ちゃわん》。懐《ふところ》に入れて持ち歩いてるんです。おっとっと、ありがとう、ありがとう。ん、待てよ？　立って酒を飲むのは、葬式の出棺のときだけだから、縁起が悪いかな」

白大夫は腰かけのそばにちょいとしゃがみ、うれしそうに酒を飲んだ。内心で思ったことがそのまま口に出てしまう、見かけどおりの実直な老人なのである。

見事な梅の花を眺め、道真がますます感じ入っていると、

「わあ、喧嘩だ！」

と、人々の騒ぐ声が聞こえてきた。「あらま、刀を抜いたぞ。斬《き》りあってる……。うお、こっち来た！　寺へ入れるな、門を閉めろ！」

しかし、まにあわなかった。直後に、刀を斬り結んで争う侍が二人、寺の境内へ踏

み入ってきたのだ。住職をはじめ、寺の僧たちは驚き、白大夫は咄嗟《とっさ》に立って道真をかばった。

「おい、ちょっとちょっと」

白大夫は侍たちに声をかける。「見れば二人とも、旅行用の恰好《かっこう》をしているじゃないか。喧嘩はどこから降ってくるかわからないものだとは言うが、ここで決着をつけてもらっちゃあ困る。出てけ、出てけ」

白大夫の言葉に耳を貸さず、なおも斬りあう二人の侍。よくよく見れば、そのうちの一人はなんと、白大夫の息子、梅王丸《うめおうまる》だった。

「おやまあ、おまえはまた、なにをしてるんだ。どうしてここに……。わわっ、危ない！　ひやっとさせるなあ。斬られるなよ」

息子のピンチに気を揉《も》み、あせるのは、親心として当然だ。白大夫の声援を力に、梅王丸は相手の刀を打ち落とした。逃げようとするところをすかさず飛びかかり、片手でつかんでとんぼ返りさせ、膝《ひざ》で地面に組み敷く。一連の動作はスムーズで、なかなか勇ましい梅王丸である。

「やれやれ、よくやった。お手柄、お手柄」

梅王丸の勝利に、白大夫は安堵《あんど》した。「いや、手柄を立てたのはいいが、どうして喧嘩などしたのか、そして、なぜおまえが京ではなく筑紫にいるのか、ちゃんと説明しろ。幸いここに、都のことを案じていらっしゃる丞相さまがおられる。京の様子も、ひとつひとつ申しあげるんだ」

「ははー」

喧嘩相手の侍を膝の下に敷いたまま、梅王丸は道真に向かって平伏《へいふく》した。「おそれながら、私の念願がかなない、菅丞相さまのお変わりないお姿を拝見できまして、『我が生涯に悔いなし』といったところでございます。都におられる奥方さまと若君さまですが、世間の目にさらされるのを防ぐため、べつべつの場所にいていただくことにしました。若君さまは武部《たけべ》源蔵《げんぞう》に預け、奥方さまのお世話は、春《はる》と八重《やえ》がしております。私の妻と、桜丸の妻ですので、ご安心ください。奥方さまは、『私のことはいいから、流刑地におられる道真さまの様子を見てきておくれ』とおっしゃる。幸い、船の手配ができ、運のいいことに天候も問題なく、千里の道もひとっ飛び。そんなに日にちもかからずに、昨夜、この筑紫の地に船が着いたのです。乗客のなかに、時平《しへい》の家来、鷲塚平馬《わしづかへいま》というやつがいました。私の顔も知らん馬鹿者でしたので、『どんな用事で筑紫に？』と、しらばくれて聞いてみましたら、『菅丞相を殺しにきた』と言うじゃないですか。そんなことをけろっとゲロするとは、よっぽど死にたいようですな、こいつは。丞相さまが安楽寺におられるのを把握していて、すぐに暗殺を実行に移そうとする不敵なやつ。これは私からのお土産《みやげ》です」

梅王丸はそう言って、鷲塚平馬に手早く縄をかけ、後ろ手にして濡《ぬ》れ縁《えん》の柱にきつく縛りつけた。つながれた猿のような平馬の風情《ふぜい》を見て、居合わせた一同はスカッとした。

道真はとてもうれしそうだった。恋しい都の様子を知らせてくれたのは、心を持った梅王丸。神仏のお告げで都から飛来したのは、心を持たぬ一本の梅の木。心を持つ持たないに関係なく、道真を慕ってやってきて、忠義の花とかぐわしい梅の花を見事に咲かせてくれたのだ。道真は褒美《ほうび》に歌を詠んだ。

梅は飛び桜は枯るる世の中に何とて松のつれなかるらん

(梅の木は私を慕い、筑紫まで飛んできた。桜の木は、私への忠誠ゆえに枯れた。そういう世の中で、どうして松の木だけが、義を知らず冷たいなどということがあろうか。いや、きっと松の木にも、なにか思うところが……)

松王丸《まつおうまる》は、藤原時平《ふじわらのときひら》の牛飼い。枯れた桜ならぬ死んだ桜丸は、斎世《ときよ》親王の牛飼い。

梅王丸は、菅原道真の牛飼い。有名な「飛梅《とびうめ》」の木は、京から飛んできたという不思議な逸話とともに後世へ伝えられ、いまも安楽寺の境内で花を咲かせている。

「おい、梅王。いまのありがたい歌を聞いたか」と白大夫は言った。「この梅になぞらえ、おまえを誉めてくださったんだぞ。『桜が枯れる世の中』とは、死んだ桜丸への悔やみのお言葉だ。しかし、『義を知らぬはずはない』とおっしゃっていただいた松王のやつは、時平にへいこらしてるんだろうなあ……」

「親父《おやじ》どのが推測したとおりでしょう。はは、『兄弟』と言うのも汚らわしい。あんなケモノ野郎のことは置いといて、当座の敵は、この鷲塚です。さあ、時平の企《たくら》みを白状しろ。いやだと言うなら、俺の刀でズバッと昇天させてやるぞ。どうだ、どうする」

梅王丸は鷲塚平馬に詰め寄った。

「わわ、ちょっと待った！」

平馬は縛られた状態のまま、身をすくませた。「粗野《そや》なうえにせっかちだな、もう。主従のあいだの義を守り、殺されても口を割らないなんて、時代遅れだ。無理やり白状させておいて殺すなんてのも、時代遅れですからね、念のため。私は、新時代にふさわしい方法を採る！　すなわち、助かるために自ら進んでぺらぺら話す！　あのですね、時平どのは皇位を狙《ねら》ってるんですよ。『邪魔なのは菅丞相だ。あやつめの首を獲《と》ってこい。我が軍の出撃に際し、最高の生け贄《にえ》の血となるからな。菅丞相さえいなくなったら、大望の旗を掲げて、帝《みかど》をはじめ、親王も法皇も片っ端から片づけ、天下を一飲みにしてくれる！』と、こうおっしゃって。私のことも公家《くげ》にしてくださるっていうんで、楽しみにしてたんですが、喜びが空回《からまわ》りして裏目に出た。縄で縛られ、とんだ恥をさらすことになるとはなあ。ささ、全部言ったんですから、早くほどいてください」

時平の謀反《むほん》の計画を残らず聞き、柔和だった道真の顔つきが一変した。目尻《めじり》に血の色が差し、憤激のあまり眉毛《まゆげ》を逆立てて、都の方角をにらみつけながら立ちあがる。怒りでどうかしてしまったのかと思うほど、すさまじい迫力だった。

白大夫はびっくりし、

「時平がなにやら企んでいるのは、まえからわかっていたこと。いまはじめて聞いたみたいに、見たこともないほど怖いお顔をなさるなんて、はわわ、どうなさったんです。ここからいくらにらんでも、都には届きゃしません。ご持病の癪《しゃく》が起きでもしたら、わしゃあ、悲しいです」

と、必死に道真をなだめた。白大夫は心配性なのだ。老人とは、えてしてそういうものだろう。

「梅王、白大夫よ。時平大臣の謀反の企ては、聞き捨てならない大変なことだぞ。私は、お許しがなければ帰京もかなわぬ身……。主上は、皇位を望む朝敵がご身辺にいると気づいておられない。主上のピンチだというのに、私は忠義を果たすこともできず、この地でむざむざと朽《く》ち果てねばならぬ運命だ。だが、無実の罪で流刑に処せられた身といえども、死んだあとまで遠慮する必要はあるまい！　霊魂となって都に帰り、主上をお守り申しあげる。天に誓って、我が願いを実現してみせよう。その証拠に……」

と、道真は眼前にある梅の枝を折り取った。「朝敵の一味、へつらうしか能のないこやつを、手はじめに退治しよう。見よ！」

道真は手にした枝で、鷲塚平馬の首をぱしりと打つ。「飛梅」の枝から白い花が散り、平馬の首もぽんと飛んだ。刃《やいば》の表面にうつくしいうねりが浮かんだものを「乱れ焼き」というが、花が乱れ散る枝でひとの首をはねるとは、どんな名刀も及ばぬ斬れ味だ。とても人間業《わざ》とは思えぬ道真の腕前に、白大夫と梅王丸はただただ恐れ、驚いていた。

「さあ、おまえたち」

と道真は言った。「このように大きな陰謀を知ったからには、一刻も早く都へ行き、時平の企みを主上にお伝え申しあげよ。私は、ここから見える天拝山《てんぱいざん》の山頂に三日三晩籠《こ》もり、決して座らずに荒行《あらぎょう》をして、気力のすべてを注ぎ、梵天《ぼんてん》、帝釈天《たいしゃくてん》、閻魔《えんま》大王の三天王に誓いを立てる。『この身は死して雲の彼方《かなた》の住人となろうとも、魂魄《こんぱく》は鳴りわたる雷《いかずち》の頭領とならせたまえ』とな。そして、十六万八千発の雷どもを手下として引きつれ、都へ行くぞ。謀反を企てたやつらを引き裂いてやるために！　今生で会うのも、これが最後。さあ、早く行け！」

道真の声とともに、激しい突風が吹きすさび、本堂の瓦《かわら》が破裂したように割れ、寺の板戸という板戸が木《こ》っ端微塵《ぱみじん》に砕け散った。「飛梅」をはじめ、境内の木々も大きくしなり、風に巻きあげられた花と砂利《じゃり》がぱらぱらと降りしきる。

呆気《あっけ》に取られたのは、白大夫、梅王丸、住職だ。

「死期が迫っているわけでもないのに、身を捨てるとおっしゃるのですか。帝釈天への誓いが果たされ、丞相さまの願いどおりになったとしても、奥方さまと姫君さま、若君さまはきっととても嘆かれます。どうか思いとどまってください」

袖にすがりつく梅王丸と白大夫を左右に跳ね飛ばし、道真は言った。

「住職も、止めても無駄です。帝釈天のお恵みにより、私はひとの姿のまま、早くも雷の頭領、雷神となったのですから。その力を見せましょう！」

道真は梅の花を取って口に含み、天に向けて吐いた。すると、白梅の花びらは渦巻く火焔《かえん》となり、空の彼方へと飛んでいった。

炎がどこを目指したのか、ひとならぬものとなった道真はどうするつもりなのか、いまはまだなにもわからず、白大夫たちはすくみあがるばかりだった。

北嵯峨《きたさが》隠れ家《かくれが》の段

眠りの夢を打ち破る大音量で、修行中の山伏《やまぶし》が法螺貝《ほらがい》を吹き鳴らしながら歩いている。

ここ、北嵯峨《きたさが》の地はけっこうな田舎《いなか》だが、山伏は抜け目なく人家を見つけて門口《かどぐち》に立つ。食器持参で家々をめぐり、朝夕のご飯をお布施《ふせ》してもらうのだろう。修験道の祖、大峰山《おおみねさん》を開いた役小角《えんのおづぬ》には、後鬼《ごき》と前鬼《ぜんき》というカップルの鬼がつき従っていたものだが、修験の徒である山伏は、「御器《ごき》」と「膳器《ぜんき》」を持ち歩いているというわけだ。

「ああ、うるさい！」

と春《はる》は怒った。「山伏さん、法螺貝を吹くのはやめてちょうだい。ご主人の気分がすぐれず、夜もろくにお眠りになれなくて、いまようやくとろとろとまどろんでらっしゃるのよ。あら、まだ吹いてる。お布施はしないと断ってるのに、聞きゃしないんだから。やんちゃ伏《ぶし》さん、やめてってば！　って言ってるそばから、ずうずうしい。笠《かさ》も脱がずに入ってきて、なにをきょろきょろ見てんのよ。女ばかりの家だと思ってるのかもしれないけど、おあいにくさま。さあ、出てって。帰ってちょうだい」

さんざんに叱《しか》りつけられ、山伏は表へ出ていった。心残りな様子で、振り返りつつ去っていく。

「はあ、無神経な男がやっと行ってくれたわ。ご気分はいかがかしら」

春は障子《しょうじ》のまえに両手をついた。「思いがけない法螺貝の騒音で、奥方さまの目も覚めてしまわれたでしょう。息が苦しくなったりしてませんか。お八重《やえ》さん、どんな感じ？」

「それがね」

と、部屋にいた八重が障子を開けた。「奥方さまは、いつになくすやすやと寝入りかけたところだったのに、法螺貝に驚かれたのか、全身に冷や汗をおかきになって……。考えるだに、山伏野郎が憎たらしいわ」

「ほんと、私も腹が立ったから、器にお布施を入れてやらなかったの」

菅原道真《すがわらのみちざね》の夫人は起きあがり、春と八重の会話に参加した。

「いいえ、ちがうのです。山伏のせいではないのよ。恐い夢を見て、まだ動悸《どうき》が収まらないだけ。春、八重、聞いてちょうだい。その夢というのはね、旦那《だんな》さまが大切にしておられた梅の木が、太宰府《だざいふ》の安楽寺《あんらくじ》に飛んでいくって内容だったの。梅王丸《うめおうまる》も同時にやってきたものだから、旦那さまはとてもお喜びになって、『梅は飛び桜は枯るる世の中に何とて松のつれなかるらん』と即興で歌を詠まれた。私が一字一句忘れず覚えているのは、これが正夢《まさゆめ》、予知夢だからなのかしら……。しかも、夢に時平《しへい》の家来まで現れてね。旦那さまを暗殺する計画が露見して、都の様子や皇位を簒奪《さんだつ》する敵の企《くわだ》ても白状したの。それを聞いた旦那さまは、たいそうお怒りになって、『主上《おかみ》のお許しがなければ、私は京へ帰ることもできない。しかし、主上の大ピンチだ。帝釈天《たいしやくてん》に誓願を立て、鳴りわたる雷《いかずち》の神となって、時平とその仲間どもを蹴《け》り殺してやる！』とおっしゃった。お怒りのすさまじさ、恐ろしさといったら、とても夢とは思えなかったほどよ」

　その話を聞き、

「ご心配になるのはもっともですが」

と、桜丸《さくらまる》の妻、八重は言った。「『逆夢《さかゆめ》』といって、事実とは逆の夢を見ることがあるそうですから、それはきっと、めでたい吉祥《きっしょう》を告げる夢ですよ。ねえ、お春さん。そうじゃないかしら」

「なるほど、そうね」

と、梅王丸の妻、春がうなずく。「丞相《しょうじょう》さまは、きっと近いうちに京へお帰りになるでしょう。それにしても、さっき来た山伏野郎ったら、編笠《あみがさ》で顔を隠して一言もしゃべらず、のっそりと家のなかを覗《のぞ》いていったけど……。どうも気になるわね。夫の梅王どのの指示で、奥方さまには、この北嵯峨にこっそりとお住まいになっていただいている。それを嗅《か》ぎつけてきた、敵の犬《スパイ》じゃないかしら。お義父《とう》さまも梅王どのも筑紫《つくし》へ行って、いまは女の私たちだけ。もうこの家にいるのも危険だわ。最近聞いたところによると、徳の高い法性坊尊意和尚《ほっしょうぼうそんいおしょう》さまが、幸いなことに下嵯峨《しもさが》へいらっしゃってるそうよ。あの阿闍梨《あじゃり》さまと丞相さまは、師弟の間柄。事情をご説明して、奥方さまを守ってくださるようお願いし、今日じゅうに下嵯峨へさっさと引っ越ししたいわ。私、ちょいとひとっ走りして、頼んでくる！　お八重さん、いろいろ気をつけて留守番してて。油断しないでね」

「まあ、お春さんたら、とっても気が利くんだから。お手数ですけど、頼んできてくださいな。あとのことは任せておいて」

春の提案に、八重は力強く応えた。春と八重が男性以上に頼もしいので、道真夫人はとても喜んだ。

「春や。僧正《そうじょう》さまに会ったら、私が見た夢のこともお話しし、いい夢か悪い夢か判断してもらってちょうだい」

「はい、はい。すべて心得ております。とにかく、こうしちゃいられない」

春は動きやすいよう、着物の裾《すそ》をめくって抱え帯で縛り、笠を手にした。「すぐに、よい知らせをご報告いたしますから」

と言うが早いか、あわただしく家を出ていく。

藤原時平《ふじわらのときひら》の家来、星坂源五《ほしざかげんご》が現れたのは、それからほどなくのことだった。

「あそこにいるのは、まちがいなく丞相の奥方だ」

と、手下を引きつれ、屋内に乱入してきたのだ。八重は長押《なげし》にかけてあった薙刀《なぎなた》を素早く手にし、「奥へ！」と道真夫人に目で合図した。

「なにものです！　いきなり踏みこんできて、乱暴な！　痛い目に遭いたいみたいね」

八重はぶんぶん薙刀を振りまわす。

「ええい、女のくせに生意気な！　時平公のご命令により、奥方を迎えにきたんだ。邪魔しやがって、討ち取れ！」

星坂源五の指令に従い、無数の切っ先が八重に襲いかかった。まるで茅萱《ちがや》の花の穂先のように、刃《やいば》が銀色にきらめく。八重は刀をかわしては薙刀を突きこみ、槍《やり》をかわしては突きこんで応戦したが、多勢に無勢だ。数カ所を斬《き》られ、薙刀を杖《つえ》にして、奥の部屋にひそんでいた道真夫人のもとへ戻った。

「ああ、奥方さま。私はもう駄目です。どうか早くお逃げください。お春さんはまだ帰りませんか。えい、口惜《くちお》しい、悔しい。無念です、無念でございます……」

八重は「無念」と繰り返しながら、はかなく命を散らしていった。道真夫人は我を失い、八重の体に取りすがって泣きむせんだ。星坂源五がすかさず走り寄り、夫人を強引に連れていこうとする。

そこへ、さきほどの山伏がのそのそと現れ、

「さて、奥方をお布施がわりにいただいていくぞ！」

と、源五の首筋をつかみ、目よりも高く差しあげた。「おまえは冥土《めいど》の旅へ出やがれ！」

泥田のなかへボットンズドンと源五を投げ入れ、山伏はひったくるように道真夫人

を抱きかかえると、石ころまみれの砂道をものともせず、飛ぶように走り去っていった。

源五の手下たちも呆然《ぼうぜん》とするしかない、まさに一瞬の出来事だった。

寺子屋《てらこや》の段

ひとつの文字は、千金にも二千金にも値する。三千世界の、すなわちこの世の、宝なのだ。

そう教えるのが、寺子屋の先生。手習いをする子どもたちのなかに、菅秀才《かんしゅうさい》がいる。寺子屋を営む武部源蔵《たけべげんぞう》夫婦は、主君の子である菅秀才を大切に育て、周囲に対しては自分たちの子だと装っていた。以前は鳴滝《なるたき》村に住んでいた源蔵夫婦だが、菅秀才を預かってからは、芹生《せりよう》の里という片田舎《かたいなか》へ引っ越し、近所の子どもたちを集めて読み書きを教える日々だ。

寺子屋の生徒にも器用なのと不器用なのがいて、清書を顔に書く子、手に書く子、文字ではなく人形の絵を描く子までおり、さすがに叱《しか》られ頭をかく。教職とはとにかく苦労が多いもので、なにくれとなく子どもたちの世話を焼くのだった。

五作《ごさく》の息子は、世話が焼ける筆頭だ。生徒のなかでも年長で、十五歳にもなるというのに、よだれなんぞ垂らしている。

「なあ、みんな。これを見ろよ。先生が留守なのに、真面目《まじめ》に習字するなんて損だろ。だから俺《おれ》は、坊主頭の絵を清書した！」

菅秀才は、いたずら書きにはチラとも目を向けず、おとなしく文机《ふづくえ》に向かったまま言った。

「一日に一字学べば、一年で三百六十字になる、と先生もおっしゃっています。そんな絵を描いてないで、ちゃんと清書をしたほうがいいですよ」

八歳の菅秀才に叱られた五作の息子は、

「こいつう、大人《おとな》ぶっちゃって。お・ま・せ・さ・ん！」

と、指を差してからかった。それを見たほかの生徒たちは、

「兄弟子《あにでし》に向かってそんな口をきくなんて、よだれのくせに生意気だぞ。とっちめてやる！」

と、手に手に文鎮《ぶんちん》を持って振りまわしだした。周囲が自然と味方をするあたり、やはり菅秀才には、菅原道真《すがわらのみちざね》から伝えられた書道の威力と人徳が備わっているのだろう。

源蔵の妻、戸浪《となみ》が奥の部屋から出てきて、

「これっ、また喧嘩《けんか》してるの？　困った子たちねえ」

と割って入った。「今日にかぎって、夫の源蔵どのは村の食事会に招かれていて、お帰りが何時になるかわからないし……。本当にあなたたちったら、ちょっとのあいだもおとなしく待ってられないんだから。今日は特に、新入生も来るはずだっていうのに。昼からは休んでいいから、みんながんばって勉強、勉強！」

「わーい、やった！　午後は休みだって」

生徒たちは喜び、筆を動かすよりさきに音読をはじめた。

「い、ろ、は、に、ほ、へ、と」

「先日は使者をお送りくださり……」

「一筆啓上《けいじょう》申しあげます」

めいめいが大きな声で例文などを読みあげていると、どこかの家の使用人らしき男が、春慶塗《しゅんけいぬり》の重箱、書物を入れた手箱、文机を肩にかついでやってきた。男のうしろには、七歳ぐらいの男の子を連れた、利発そうな顔をした女がつづく。

女は寺子屋のまえに立ち、「ごめんください」と言った。屋内にいた戸浪は、「きっと入学予定の子だわ」と察し、

「どうぞ、こちらへお入りください」

と、しとやかにうながした。

「はい、それでは」

同性同士の気やすさで、女と戸浪はすぐに打ち解け、愛嬌《あいきょう》たっぷりに挨拶《あいさつ》を交わした。女はより笑顔になり、

「私はこの村のはずれで、つましく暮らしているものです」

と言った。「うちの腕白《わんぱく》小僧を、こちらの寺子屋でお世話していただけますでしょうかと、ひとを寄越してお尋ねいたしましたら、『連れてきなさい。世話をしてあげましょう』とのお返事。お言葉に甘え、さっそく息子を連れてまいりました。お宅にも息子さんがいらっしゃるそうですが、どのお子さんですか」

「はい。この子が源蔵どのの跡取りでございます」

と、戸浪は菅秀才を指す。

「これはこれは、よいお子さんですね。ほかにも大勢の生徒さんたちがいて、お世話が大変でしょう」

「ええ、お察しくださいな。それで、寺子屋に入学するのは、こちらのお子さんですか。お名前は？」

「はい、小太郎《こたろう》といいまして、腕白者なんです」

「いいえぇ、気高いお顔をした、よいお子さんじゃないですか。折悪《おりあ》しく、今日は夫の源蔵が食事会に出かけているんです」

「あらまあ、お留守ですか」

「お時間がないようでしたら、私が夫を呼びにいってきますが」

「いえいえ。幸い、私も行くところがありますので。ご主人もそのうちにお帰りになられるでしょう。これ、三助《さんすけ》」

と、女は同行してきた使用人に声をかけた。「持ってきたものを、奥さまのおそばに置いて」

「はい」

と三助は答え、重箱と杉の薄板でできた角盆とを、戸浪のそばに差しだした。角盆のうえには、謝礼の包みが載っている。

「これは、まあ。そんなお気づかいはご無用ですのに」

「いいえ、お恥ずかしいほど些少《さしょう》ですが、息子がこちらでお世話になりますので。この重箱は、生徒さんたちへのお土産《みやげ》です。みなさんで召しあがってくださいな」

女は重箱の中身については説明しなかったが、赤飯や煮しめが入っているのだろうとうかがわれた。我が子の世話を焼いてもらうのだからと、焼き豆腐やら小粒の椎茸《しいたけ》やらを重箱に詰めたのは、小太郎を粒選《つぶよ》りの息子だと大切にし、子どものためならどんなに奔走《ほんそう》してもかまわないと、女が思っているからだ。その母心が、戸浪にも痛いほど伝わってきた。

「まああ、なにからなにまで取りそろえて、念入りな準備をしてくださって。夫が戻ったら見せますわ」

「いえ、本当に気持ちだけですので……。よろしくお願いいたします。これ、小太郎。母はちょっと隣村まで行ってきますから、おとなしく待っていて。悪ふざけをしてはいけませんよ。それでは奥さま、いってきます」

女が表に出ると、

「母さま、ぼくもいきたい！」

と小太郎が追ってきてすがりついた。

「いけません。もう大きいのに、母のあとを追ったりして」

と、女は息子の手を振りほどいた。「奥さま、ご覧ください。このとおり、まだまだ幼くて、聞き分けがないのです」

「そんな、当然ですよ。ほら、おばさんがいいものをあげましょう」

戸浪は小太郎の気を惹《ひ》き、「すぐに戻ってきてあげて」と、この隙《すき》に行くよう女に目で合図した。

「はい。はい……。ではちょっと、ひとっ走り行ってきます」

あとを追う息子に後ろ髪を引かれるようで、女は何度も振り返り、見返りながら、三助を連れて急ぎ足で立ち去った。

「どれ、うちの子と仲良くしてね」

戸浪は小太郎の気が紛れるよう、菅秀才のそばに座らせた。

そうこうするうち、寺子屋の主人である源蔵が帰宅したが、なんだかふだんと様子がちがう。青ざめた顔で機嫌悪く部屋に入ってきて、生徒たちを見まわした。

「ええい、『氏《うじ》より育ち』というのに、都会とちがって、どいつもこいつも田舎もん丸出しじゃないか。せっかく世話をしてやってるのに、役立たずどもめ」

源蔵は、なにか思い悩んでいるようだ。戸浪はわけがわからず、源蔵に近寄った。

「どうしたの、顔色が悪いわ。振る舞い酒で酔ってるのかもしれないけど、この子たちが田舎育ちなのは、わかってることでしょう。そんな憎まれ口を言うなんて、ひと聞きの悪い。特に今日は、約束の新入生が来てるのよ。口の悪い先生だと思われては困るでしょう。機嫌を直して、会ってあげてちょうだい」

戸浪は小太郎を連れてきて、源蔵に引き合わせた。しかし源蔵はうつむいたまま、

あいかわらず思案に暮れている。小太郎はいたいけに両手をつき、

「せんせい、きょうからよろしくおねがいします」

と挨拶した。源蔵は思わず顔を上げ、しばらく小太郎をじっと眺めていたが、急に表情がやわらぎ、顔色ももとに戻った。

「おやおや、かわいくて賢そうだし、天性の品がある子じゃないか。公家《くげ》や家柄のいい武家の子息と言っても、たぶん通用するぞ。はてさて、おまえはいい子だなあ」

源蔵の機嫌が直ったので、妻の戸浪もうれしくなった。

「そうでしょ、とってもいい子、いい生徒でしょう」

「いいとも、いいとも、最上級の上出来だ。それで？　この子を連れてきた母親はどこにいる」

「それが、あなたが留守なら、そのあいだに隣村まで行ってくると言って……」

「おお、そいつもよしよし、最大級の極上だ。まずは生徒たちと一緒に奥の部屋へやって、機嫌よく遊ばせておけ」

「ほら、みんな。先生が『休憩していい』って。小太郎も、みんなと一緒に奥へ行きなさい。ほらほら」

菅秀才も含め、生徒一同を奥の部屋へとうながした戸浪は、あたりを見まわし、だ

れもいないのを確認してから夫に言った。

「さっきの顔色は尋常じゃなかったし、顔つきもいつもとちがったわ。どうしたのかと思っていたら、今度は新入生の小太郎を見て、ころっと機嫌がよくなって。ますますわけがわからない。どうやら事情があるようね。気になってたまらないから、教えてちょうだい」

「ふう、気になるのももっともだ。実はな。今日、村の食事会だと偽り、俺を庄屋《しょうや》の家へ呼びつけたのは、時平《しへい》の家来、春藤玄番《しゅんどうげんば》だったんだ。もう一人いた。菅丞相《かんしょうじょう》さまのご恩を受けながら、時平に従う松王丸《まつおうまる》だ。あいつめ、病気で弱ってるようだったが、見届け役に任じられたらしくてな。数百人がかりで俺を取り囲み、『菅丞相の息子、菅秀才を、自分たちの子として匿《かくま》っているな。おまえの家にいることは、通報があったからわかってるんだ。すぐに菅秀才の首を斬《き》り落として差しだすか、差しださないか、どっちだ。もしくは家に踏みこんで、首を受け取ってもいいんだぞ。返事は！』と、のっぴきならない詰め寄りかた。もうどうしようもない、『首を討って渡そう』と請けあった。いや、内心では、寺子屋に大勢いる生徒のなかから、だれかを身代わりにしようと考えていたんだ。だが帰り道で、『あの子か、この子か』と指折り数えて候補を検討しても、豪華な御簾《みす》のなかで生まれた高貴なお子と、貧相な筵《むしろ》がかかった家で育った子とでは、似ても似つかない。若君さまの運はここでつきてしまうのか、痛ましくむごいことだと、殺される羊のような歩みで家までたどりついた。ところがどうだ。やっぱり若君さまは、強運の持ち主だ。天の神さまがおそばで守っておられるんだ。黒を白、烏《からす》を鷺《さぎ》だと言い張るような強引なことをしなくても、あの新入生の子だったらイケる！　ひとまず身代わりの首で敵の目をあざむき、この場さえ逃れられたら、若君のお供をして、すぐに河内《かわち》の道明寺《どうみようじ》へ行くつもりだ。戸浪、いまからしばらくが、踏ん張りどころだぞ」

源蔵の話を聞き、

「待って」

と戸浪は言った。「その松王というやつは、三つ子のうちの悪人でしょう。若君の顔なら、よく見知っているはずよ」

「そう、そこが一《いち》か八《ばち》かだ。生きているときの顔と死に顔とでは、顔つきが変わるもの。若君と面差《おもざ》しが似ている小太郎の首を、まさか偽者の首とは思うまい。よしんば、身代わりの首だとばれたとしたら、松王の野郎を真っ二つにし、残りのやつらも斬って捨てる！　それもうまくいかないときは、若君とともに死出の旅。三途《さんず》の川を渡るお供をするさ。……と腹を決めたが、ひとつ困ったことがある。こうしてるうちにも、小太郎の母親が迎えにきたらどうしよう。そのことを考えると、まいっちゃうんだよなあ。当面の難題はそこだよ」

「いえ、それについては心配しないで。女同士ですもの。私がちょぴっとうまい言い訳をして、口先だけでだましてみましょう」

「うーん。そんな方法じゃ、うまくいかないだろ。『大事は小事から起こる』というから、細心の注意が必要だ。ことによったら、母親もろとも……」

「ええっ」

「おい、なにを驚く。若君の命には替えられない。主君、菅丞相さまのために、しかたのないことだとわきまえろ」

源蔵に説得され、戸浪も決心した。

「そうですね。気の弱いことを言っていては、失敗してしまう。ここは鬼になって……」

夫婦は立ちあがり、顔を見合わせる。鬼と化した自身の姿が、互いの目に映しだされているのではないかと怯《おび》えながら。

「教え子は我が子も同然なのに」

と源蔵はつぶやいた。

「今日という日に寺子屋へ入学してきたのは、あの子の業《ごう》か、母親の因果か……」

と戸浪も嘆く。

「いずれにせよ、報《むく》いは罪人を乗せる地獄の火車《かしゃ》となって」

「必ず私たちのところへめぐってくるでしょう」

「宮仕えなんて、するもんじゃないな……」

夫婦はそろって涙をこぼす。

そこへ春藤玄番がやってきた。松王丸は、菅秀才の首を確認する役目だ。病気で歩くのもつらい状態のようで、駕籠《かご》に乗っている。その駕籠が、源蔵の家の門口《かどぐち》に下ろされた。

村のものが、あとから大勢ついてきた。

「申しあげます。わしらはみな、子どもを寺子屋に通わせておるんです。もし、せがれが若君と取りちがえられ、首を討たれでもしたら取り返しがつきません。どうぞ子どもを返してください」

「ああ、うるさいウジ虫どもが！」

訥々《とつとつ》と願いでた村人たちを、玄番は一喝《いっかつ》した。「おまえらのガキなんぞ、わしの知ったことか。勝手に連れて帰れ！」

「いや、それはちょっとお待ちを」

と声がし、松王丸が駕籠から降りてきた。刀を杖《つえ》がわりに、よろつく体を支えている。

「差し出がましいことを言うようですが、彼らのことだって油断はならない。病身ながら、私が検分役、つまり見届け人を務めるのも、菅秀才の顔を知るものがほかにいないから。今日の役目を無事に終えれば、病気の私の願いどおり、退職を許してくださると時平さまはおっしゃった。そのありがたいお心づかいを思うと、役目をおろそかにはできません。菅丞相の血縁者をこの村に住まわせたことを鑑《かんが》みれば、農民たちもぐるになって、菅秀才を自分の息子だと装い、助けて連れ帰るという手段を取らないともかぎらない。おいこら、農民ども！　ぎゃーぎゃー言ってないで、子どもを一人ずつ呼びだせ。顔を確認してから、渡してやる」

もはや逃れようはない。「釘《くぎ》を刺す」というが、そのうえ鎹《かすがい》まで打ちこむような、松王丸の周到なやり口だ。屋内でやりとりを聞いていた源蔵と戸浪は、「やっぱり、松王丸は本気で若君を殺す気だ」とピンときた。まえもって覚悟を決めていたとはいえ、いまさらながら夫婦は動悸《どうき》を激しくするばかりだ。

寺子屋の外では、そうとも知らず白髪《しらが》のおやじが歩みでて、

「おーい、長松《ちょうまつ》！　ちょま、ちょま！」

と大きな声で我が子を呼んだ。

「おう」

と答えて出てきたのは、腕白そうな顔に墨をべったりつけた子だ。雪と墨ほど、菅秀才とは似ても似つかない。

「こいつはちがう」

と、松王丸は帰宅を許してやった。

「いわまはいるか」

次の村人が呼ぶ声に、

「なあに、じいさま」

と、かけっこのようにまろびでてきたのは、岩松《いわまつ》という名の無邪気な子。丸顔で、枝からむしった季節はずれの茄子《なすび》みたいだ。

「確認するまでもない。とっとと連れて帰れ」

松王丸ににらみつけられ、老人はすくみあがった。

「おお、怖い。嫁にも触らせないぐらい、わしが大切に育てている孫。命の花を落とさずに済んで、よかったわい」

と、孫を抱えて走り去る。「秋茄子《あきなす》は嫁に食わすな」というが、孫の岩松は、茄子は茄子でもうらなりの茄子。茄子の花は実をつけずに落ちやすいものとはいえ、なんともおおげさな老人の騒ぎようだ。

さて次は、例のよだれの十五歳。

「坊《ぼん》、坊」

と、父親の五作が手招きする。

「とっちゃん、俺もう疲れちゃった。だっこして」

甘えるよだれは馬面《うまづら》で、声はキリギリスのようにか細い。

「よしよし、だっこしてやろうな」

五作は優しく言い、干し鮭《ほしざけ》をくわえる猫のように、大切に息子を抱きあげて帰っていった。

次の親が、

「私のせがれは見目《みめ》がいい。くれぐれも若君と見まちがえないでくださいよ」

と、わざわざ断りを入れてから息子を呼んだ。色白でうりざね顔の子が表に出てくる。

「あやしいな」

松王丸は子どもを捕まえた。ところがよく見てみれば、墨の汚れか痣《あざ》かはわからないが、首筋が真っ黒だ。

「こいつじゃない」

と突き放す。そのほか、里だけでなく、もっと山奥のほうから通う子どもたちまで残らず呼びだしたが、確認してもしても菅秀才に似た子はいない。それも当然で、もともとこの村にいるのは、土から自然に生まれた芋《いも》みたいな子ばかりなのだ。もちろん、親にとってはかけがえのない存在だ。「ああ、よかった」と、無事に我が子を取り戻して帰っていった。

いよいよ俺たちの番だ。源蔵と戸浪は腹をくくった。待つほどもなく、春藤玄番と松王丸が寺子屋のなかに入ってきた。

「おう、源蔵」

と玄番は詰め寄った。「わしの目のまえで首を討って渡す、とききまは請けあったよな。さあ、菅秀才の首を受け取ろう。早く寄越せ」

源蔵は催促されても少しも臆《おく》さず、

「軽々しくは扱えない右大臣の若君です。首をあっさり斬ったり、ねじり取ったりというわけにもいきません。しばらくお待ちください」

と立ちあがる。

「いや、その手は食わん！」

と松王丸が言った。「『しばし待て』と時間稼ぎをして、逃げる準備をするつもりだろうが、裏の道には数百人を配置した。蟻《あり》の這《は》いでる隙間もないぞ。生きているときの顔と死に顔とでは顔つきが変わる、などと考え、身代わりの首を差しだす計画かもしれんが、そんな偽首に一杯食わされる俺でもない！　古くさい小細工をして、後悔するなよ？」

図星を指された源蔵はカッとし、

「ふんっ、余計なお世話だ！」

と怒鳴った。「病み衰えたおまえの目玉がでんぐり返り、物事があべこべに見えるってんならしょうがないが、そうじゃないなら、すぐに見せてやる。紛れもなく本物の菅秀才の首だとわかるもんをな！」

「ああ、その舌の根が乾かないうちに、早く首を討ってこい」

「そうだそうだ、さっさと斬れ！」

と、玄番も権力を笠《かさ》に着て、横柄《おうへい》に言い放つ。源蔵は息が止まるような思いがしたが、決意を胸に奥の部屋へ入っていった。

かたわらで聞いていた戸浪は、「ここが肝心な場面だわ」と気が気でない。藤原時平《ふじわらのときひら》の使者二人は、四方八方に油断なく目を配っている。なかでも松王丸は、置いてあった文机と書物を入れる手箱を数え、

「おかしいな」

とつぶやいた。「さっき帰っていったガキどもは、全部で八人だった。文机の数がひとつ多い。その子どもはどこにいる？」

見とがめられて、戸浪ははっとした。

「いえ、これは……。今日はじめて寺子屋に……、いえいえ、寺参りにいった子がいるんです」

「だからなんだ、要領を得ないことを言うな」

「だから……、だから、その子は欠席してて。あっ、ほらほら、これが菅秀才の使ってる文机と手箱です」

戸浪は必死で話をそらし、木地《きじ》が見えない塗机のように、なんとか嘘《うそ》でくるんで言い抜ける。

「いずれにせよ、時間を与えれば与えただけ、我々の油断のもとになる」

松王丸はそう言い、玄番とともに立ちあがった。源蔵夫婦にとっては、もはや一刻

の猶予《ゆうよ》もならぬ命の瀬戸際だ。

そのとき奥の部屋で、ばっさりと首を討つ音がした。戸浪は「ひっ」と、思わず我が身を抱きしめる。夫のほうへ行こうとしたが、足が震えてつまずいてしまった。

白木の台に首を入れた桶《おけ》を載せ、武部源蔵がしずしずと出てきた。春藤玄番と松王丸のまえに、台ごと桶を置く。

「やむをえず、菅秀才の御首を討ち申しあげた。つまり、ここにあるのが大切な御首だ。さあ松王丸、腹をすえてしっかりと確認しろ!」

源蔵は隠し持った刀の鯉口《こいくち》をゆるめ、鞘《さや》から少しだけ刀身を出した。もし、「偽者の首だ」と松王丸が言ったら、斬りつけよう。「本人の首にまちがいない」と言ったら、殺さずにおいてやろう。そう心に決め、ひそかに刀を抜く準備をしつつ、固唾《かたず》をのんで松王丸のそばに控える。

「はははははは」

松王丸は大きな声で笑った。「首を確認するぐらい、腹をすえるまでもないこと。閻魔《えんま》大王は亡者《もうじゃ》の生前の所業を浄玻璃《じょうはり》の鏡に映しだし、悪人なら鉄の札《ふだ》に罪状を書き記して地獄送り、善人なら金の札に善行を書き記して極楽行きにするという。俺の目は、その浄玻璃の鏡だ。いま、おまえたちの行き先が地獄か極楽か裁決してやろう。

おのおのがた、源蔵夫婦を取り囲んでいてください」

「了解！」

時平が派遣した大勢の警備兵が、十手《じって》を振りかざして源蔵と戸浪のまわりに立ちはだかった。戸浪が身を強張《こわば》らせる。源蔵はもともとこういう展開を覚悟していたので、

「さあ、首を確認しろ。よーく見ろ！」

と、運命を決する一言を口にした。

うしろには警備兵たち、まえには曲者《くせもの》の松王丸。玄番は目を始終きょろきょろさせ、警戒を怠《おこた》らない。これはもう絶体絶命か、と源蔵が思ううち、松王丸は早くも桶を引き寄せ、蓋《ふた》を開けている。源蔵の位置からも、小太郎の首が見える。「偽者の首だ」と言ったら、一撃で斬り伏せる。源蔵はすでに刀を抜きかけている。戸浪は祈り、

「おてんとうさま、仏さま、神さま、どうかどうか憐《あわ》れみたまえ……！」と必死で送る女の念力。眼力を光らせるのは松王丸。ためつすがめつ確認し、

「むむう、これはたしかに菅秀才！　疑いようもなく、首を討たれたのは菅秀才だ。まちがいない！」

と判定した。にわかには信じがたく、源蔵と戸浪はびっくりしてあたりを見まわした。

松王丸の証言を得て、

「でかした、でかした」

と玄番は言った。「源蔵、よく討ったな。褒美《ほうび》に、菅秀才を匿った罪は許してやろう。さて、松王丸。一刻も早く、時平さまに首をお見せしようじゃないか」

「なるほど。『遅い!』と、お咎《とが》めを受けてもいけませんからね」

松王丸はうなずく。「だが、私はこれで職を辞し、病気療養に専念したい」

「お、そうか。見届け役は済んだんだから、勝手にすればいいさ」

玄番は首の入った桶を受け取り、時平の館へと急ぐ。松王丸は駕籠に揺られ、いずかたへともなく去っていった。

ぴしゃりと門口の戸を閉めた源蔵夫婦は、ものも言えずに息を吐いた。「青息吐息」というが、それどころでなく五色ぐらい感情が入り混じった、大きなため息だった。

源蔵は胸をなでおろし、天と地に向かって手を合わせた。

「はああ、ありがたい、かたじけない。我がご主君、道真さまは、そんじょそこらのひととはちがうと思っていたが、その聖なる徳が威力を発揮したんだ。松王のやつの目がかすみ、小太郎の首を若君の首だと判断して帰っていったのは、天の不思議な力が作用したにちがいない。これで若君さまの寿命は万年にのびて、万々歳《ばんばんざい》だぞ。喜べ、戸浪」

「ええ、もう、もう……」

と、戸浪は言葉を詰まらせる。「喜びも弩級《どきゅう》だけれど、あまりの不思議さに、私の頭のこんがらがりようも弩級よ。松王の目玉に、菅丞相さまがお入りになったのかしら。それとも、黄金の仏さまの首が身代わりになって、あの桶に入ってくださったのかしら。だって、似てると言っても、小太郎と若君とでは、瓦《かわら》と黄金ぐらいちがうでしょ？　宝の花のような若君さまの、ご運が開いてきたんだと、うれしすぎて涙が出るわ。ああ、ありがたいこと、尊いこと」

戸浪は歓喜し、心を躍らせた。

表で物音がした。だれかが戸を叩《たた》いている。

「本日、寺子屋に入学した子の母でございます。いまようやく帰ってきました」

源蔵と戸浪はドキッとした。隣村から急いで戻った女が、さっそく小太郎を迎えにきたらしい。

「一難去ってまた一難。ねえ、なんて言おう。どうしよう」

戸浪が騒ぐも、源蔵は動揺を振り捨てた。

「この事態にどう対処するかは、さっき話しあっただろう。若君の命には替えられない。うろたえるな」

源蔵は戸浪を押しのけ、門口の戸をがらりと引き開ける。女は会釈し、

「これはまあ、まあ、先生ですか。うちのいたずらっ子を、どうぞよろしくお願いします」

と言った。「小太郎、どこにいるの？　お邪魔でしょうに」

チャンスだと思った源蔵は、

「いや、なに、奥で子どもと遊んでいます。連れて帰られるといい」

と、なにくわぬ顔で言い、

「それでは、連れて帰りましょう」

と女がすっと門口を入ったところで、背後から一撃必殺の気合いをこめて斬りつけた。ところが女は、察知して素早く身をかわす。逃げる女と、追う源蔵。室内に走りこんできた二人の攻防は激しく、戸浪は気を揉《も》みながら見守るしかない。

小太郎の母親は、教室に置いてあった我が子の手箱で、鋭く繰りだされる刃《やいば》をはっしと受けとめた。

「ちょっと待って、待ってください！　いきなりどうして」

女に刃を跳ね返された源蔵は、もう一度容赦なく、刀を手箱に振りおろした。手箱

は真っ二つになり、なかからはらりと布がこぼれる。死者に着せるための、経文が書かれた白い着物と、「南無阿弥陀仏《なむあみだぶつ》」の六字が記された幡《はた》だった。なぜこんなものが手箱に、と源蔵は不思議に感じ、刀を振るう手に迷いが生じて、足を止めた。

「若君、菅秀才さまの身代わりとして、息子をお役に立ててくださいましたか」

小太郎の母親は涙ながらに言った。「それとも、まだなのでしょうか。どうなったのか教えてください」

「なんだって⁉」

と源蔵は驚いた。「じゃあ、あなたはすべて納得したうえで、小太郎をこの寺子屋へ……？」

「納得したからこそ、この白い着物と『南無阿弥陀仏』の幡を、あの子の手箱に入れたのです」

「むむう。それであなたは、どなたの奥さまなんですか」

そんなやりとりをしていると、門口から男の声が聞こえた。

「『梅は飛び桜は枯るる世の中に何とて松のつれなかるらん』。妻よ、喜べ。せがれはお役に立ったぞ」

そのとたん、女は激しくしゃくりあげ、我を忘れて取り乱した。

「未練がましいぞ、千代《ちよ》」

と女を叱り、ずいと屋内に入ってきたのは松王丸だ。源蔵と戸浪はまたもびっくりし、「これは夢なのか現実なのか」と混乱した。では、この女性は松王丸の妻だったのか、と呆然《ぼうぜん》として、しばらくは言葉もないありさまだ。

やがて、武部源蔵は姿勢を正し、

「ひとまず、挨拶は置いておこう。これまで敵《かたき》だと思っていた松王が、打って変わった行動に出たのはなぜだ。どうにも解《げ》せん」

と尋ねた。

「おお、ご不審に思われるのももっともです。ご存じのとおり、我々三つ子の兄弟は、それぞれべつの主人のもとで働いていました。なさけないことに、私は時平公に仕えたために、親兄弟とも縁を切り、ご恩を受けた丞相さまに敵対する立場となってしまった。主君の命令でしかたがなかったとはいえ、これらはすべて、私に運がないということでしょう。どうにかして時平公との主従の縁を切りたいと、仮病を使って退職願を出しました。すると、『菅秀才の首を見たら、辞職を許してやろう』と言われ、今日の役目を命じられたのです。よもや、源蔵どのが若君さまの首を討ったりはするまい、と思ってはいましたが、もし身代わりにふさわしい子がいなかったら、困ったことになる。そこで、丞相さまのご恩に報《むく》いるにはいましかないと、妻の千代と相談し、さきまわりしてせがれを身代わりにと計画したのです。文机の数を調べたのも、我が子がすでに寺子屋に到着しているのかどうか、見当をつけるため。菅丞相さまは私の性根を見こんで、『どうして松の木だけが、恩義を知らないということがあるだろうか』と、和歌を詠んでくださった。だが世間では、『松の木は恩知らずだ、不人情なやつだ』と噂《うわさ》される始末。その悔しさを、察してください源蔵どの……！　せがれがいなかったら、俺はいつまでも『ひとでなし』と言われつづけたはずだ。持つべきものは、子どもですね……」

松王丸がそう言うと、妻の千代はいよいよしゃくりあげた。

「いまのあなたのお言葉を聞いて、小太郎が草葉の陰でうれしがっているでしょう。『持つべきものは、子ども』とは、あの子のために捧《ささ》げるにふさわしい言葉……。思い返せば、さきほど別れる際、あの子はいつになく私のあとを追ってきました。それを叱ったときの悲しさといったら。冥土《めいど》の旅に出るために、寺子屋へ入学させられたのだと、あの子にはすでに、虫の知らせでもあったのかしら。隣村へ行くと言って、実は帰路についたのですが、子どもを殺させにやっておいて、どうしてまあ、私だけ家へ帰れるものでしょうか。死に顔だけでももう一度見たいと、道の途中で引き返してきました。未練なと、どうかお笑いにならないで。入学のお礼にと包んでお渡しましたお金は、あの子の香典。お赤飯ではなく、四十九日に供えたり配ったりする蒸し菓子を重箱に詰め、我が子を寺子屋に入学させるなどという悲しいことが、世の中にあるものでしょうか。育ちも生まれもいやしければ、殺そうという気も起きなかっただろうに……。『早死にする子は顔立ちがきれいだ』といいますが、うつくしく生まれついたのが、かわいそうに、あの子の不幸せとなりました。疱瘡《ほうそう》も顔に跡が残らない程度で済んで安心していたのに、それゆえこんなことになるなんて、なんの因果か……！」

千代は身を伏して泣きむせんだ。戸浪も悲しくてならず、千代のかたわらに寄り添った。

「さっき、夫が身代わりを思いついたときにね。小太郎くんがそばに来て、『せんせい、きょうからよろしくおねがいします』と言ったんです。そのときのことを思い出すと、他人の私でさえ、骨が砕け肉がちぎれそうな気がします。ましてや、親のあなたがお嘆きになるのは、もっともなこと」

と、千代と一緒に涙を流す。

「いいえ、奥さん」

松王丸が言った。「ほら、千代もなぜ泣く。身代わりの件は覚悟してのこと。うちでさんざん泣いたじゃないか。源蔵どの夫妻が見ているまえで、そんなに取り乱しては……」

こみあげるものをこらえるように、松王丸は一瞬言葉を途切れさせた。「いやその、なんだ……」と、しばし虚空を見つめて気持ちを立て直してから、

「源蔵どの」

と呼びかける。「よく言い聞かせて、こちらに寄越したとはいえ、小太郎は最期を迎えるにあたり、さぞかし見苦しくあがきながら死んだでしょうな」

「いや、『丞相さまの若君であられる、菅秀才さまの身代わりになるのだ』と事情を説明したら、潔く首を差しのべ……」

「なんと。では、あの、逃げも隠れもしなかったと?」

「にっこり笑って」

「おお……、うううううう。うちのせがれめが、よくやってくれました。利口なやつ、立派なやつ、けなげな……。八つや九つになるかならずの年齢で、親の私に代わってご恩を返し、菅丞相さまの若君のお役に立つとは、なんという孝行者、なんという手柄。それを思うと、桜丸《さくらまる》のことを考えずにはいられない。ご恩をお返しすること

もできず、若くして死なねばならなかったとは……。草葉の陰で、さぞうらやみ、ねたんでいることだろうなあ。せがれのことを思うにつけ、桜丸が思い出される。思い出されてたまらない気持ちになる……」

同じ両親から生まれた兄弟を、さすがに忘れることはできず、松王丸は悲嘆の涙に暮れた。

「ああ、そのおじさまに、小太郎はあの世で会うことになるんですね」

千代は夫にすがりつき、涙の海に溺《おぼ》れそうなほど、わっと声を上げて泣く。

嘆きの声を聞いて、菅秀才が奥の部屋から出てきた。

「あの子が身代わりになると知っていたら、おまえたちにこんな悲しい思いをさせず、私は喜んで死んだだろうに……。あの子にはかわいそうなことをした」

菅秀才も、袖《そで》を絞れるほど涙を流す。松王丸と千代は、その言葉に「はっ」とひれ伏し、今度はありがた涙に袖を濡《ぬ》らした。

「よいところへお出ましになられました」

ややあって、松王丸は目もとを拭《ぬぐ》い立ちあがった。「若君さまにお土産があるのです。準備しておいた例の駕籠を、早く早く」

呼びかけに、松王丸の部下たちが「はい」と答え、菅秀才のまえまで駕籠をかついできた。

「さあさあ、お降りください」

と、松王丸が駕籠の戸を開ける。なかから姿を現したのは、道真夫人だった。

「ああ、母上さま！」

「秀才！」

思いがけない再会に、母子は駆け寄って互いの無事をたしかめた。源蔵夫婦も、

「なんとまあ」と、喜びと驚きにぽんと手を叩いた。

「奥方さまの行方《ゆくえ》をほうぼう探したのに、いったいどちらにおられたんですか」

源蔵の疑問に、

「それはですな」

と松王丸が答える。「北嵯峨《きたさが》の隠れ家にいらっしゃると、時平の家来が嗅《か》ぎつけたのです。それを聞いて、私が山伏《やまぶし》に扮《ふん》し、間一髪のところを奪い取ってきました。若君さまと奥方さまは、刈屋《かりや》姫《ひめ》さまともお会いになりたいはず。源蔵どの、お二人のお供をし、急いで河内国《かわちのくに》へ行ってください。さあ、千代。亡骸《なきがら》をあの駕籠に乗せ、葬送をしよう」

「はい」

と千代が答えるうちに、戸浪が心得て、首のない小太郎の遺体を抱いてきた。その幼い体を女物の駕籠に乗せ、松王丸と千代は着物を脱ぐ。すると、それまで着ていた着物の下に、千代は純白の着物、松王丸は麻でできた薄鼠色《うすねずいろ》の肩衣《かたぎぬ》と袴《はかま》を、あらかじめ着こんでいたことが明らかになった。どちらも葬儀のときに着るものだ。

それを見た源蔵は、改めて、松王丸夫婦がすべて覚悟していたことを思い知らされた。だが、我が子の葬式を出すなど、あまりにもつらすぎる。松王丸と千代の心情を慮《おもんぱか》り、源蔵は申しでた。

「親が子の葬式をするのはあべこべで、縁起が悪いという。子どもの葬送の際には、親は参列しないのがしきたり。代わりに私たち夫婦が、小太郎くんの葬送をいたしましょう」

「いや、いや」

松王丸は、近づこうとした源蔵と戸浪を制止する。「これは我が子ではない。菅秀才の亡骸に、お供するのです。みなさまには門火《かどび》を……、出棺の際に焚《た》く門火をお願いします」

そう頼まれ、源蔵夫婦は門口で小さな焚き火をした。死者を見送る炎が揺らぐ。道真夫人と菅秀才は、そろってしゃくりあげ涙をこぼした。

幼子《おさなご》がいま、冥土へ旅立つ。あの世でも、入学するか寺子屋に。きっと先生は阿弥陀仏と釈迦牟尼仏《しやかむにぶつ》。地蔵菩薩《じぞうぼさつ》の生徒になって、またお習字をしましょうね。賽の河原《さいのかわら》の砂に書く、いろはにほへと。平仮名を、習いだしたばかりの幼い子。はかなくちりぬる命を思うも、いたしかたない。我が夜は永久《とわ》に明けることなく、明日《あす》の夜《よ》、この子に添い寝するものもだれもいない。物憂いという言葉ではたりぬ、こんなにも子に先立たれるのがつらいとは。剣《つるぎ》の山を今日越えて、死出の旅するその姿。浅き夢のまにまに見えた気がして、はっと目をこらせば揺れる炎。そこには門火があるばかり。そうだ、こうしてはいられない。悲しみに酔うよりもまず、火葬をせねば。この子の故郷、京の都へ帰りましょう。火葬場のある鳥辺野《とりべの》の地で、この子の体を灰にして、涙のように手で受けましょう。それではみなさま、さようなら。

松王丸夫婦は別れを告げ、幼い亡骸とともに、帰っていった。

五段目

再び、大内《おおうち》の段

宮中のことを「雲井」とも「大内山《おおうちやま》」ともいうが、山に雲ひとつかかっていない日のように、朝廷内の時間はのどかに進んでいた。

ところが旧暦の六月下旬になって、毎日毎日、同じ時刻に、激しい稲妻が火花を散らすかのごとく光り、大きな雷鳴が轟《とどろ》くようになった。

これほど天候の異変がつづくのは、ただごとではない。天皇の身の安全と雷よけの加持祈禱《かじきとう》をすべきだという話になり、三度も勅使《ちょくし》を送って高僧を呼んだ。丁重な招きに応じ、宮中にやってきたのは、法性坊尊意和尚《ほっしょうぼうそんいおしょう》、通称法性坊の阿闍梨《あじゃり》だ。

阿闍梨は紫宸殿《ししんでん》に祈禱のための壇《だん》を作り、そこに御幣《ごへい》を立てて、独鈷《とっこ》、三鈷《さんこ》、鈴《れい》、錫杖《しゃくじょう》といった仏具を振り振り、祈りを捧《ささ》げた。徳の高い僧にこれだけ祈ってもらえば、仏のご加護を受けられるだろう、と人々は思った。

宇多《うだ》法皇のお使いとして、判官代輝国《はんがんだいてるくに》が参内《さんだい》した。斎世《ときよ》親王と刈屋《かりや》姫《ひめ》と菅秀才《かんしゆうさい》を伴い、紫宸殿の階段の下で、かしこまって挨拶《あいさつ》をする。

阿闍梨が壇から下りてきて、

「ようこそ。よく宮中にいらっしゃいましたな」

と歓迎した。阿闍梨は斎世親王の手を取って、上座へとうながす。輝国の身分では、紫宸殿に上がることはできない。階段の下に控えたまま頭を下げ、

「以前より、法皇さまが阿闍梨さまに相談なさっていた件についてですが……。菅原《すがわら》家の家督《かとく》を菅秀才さまが継げるよう、主上《おかみ》のご機嫌がいいタイミングを見計らって、阿闍梨さまからお伝えいただけましたでしょうか。『どうなったか聞いてくるように』と法皇さまに命じられ、使者として私がまいりました」

と言った。斎世親王も阿闍梨に向き直り、

「私が思うに今回の天変地異は、無実の罪を着せられた菅丞相《かんしょうじょう》が起こしていることでしょう」

と言う。「この霊魂を鎮めるためには、法皇さまがおっしゃるように、主上がお怒りを解き、菅秀才が家督を継ぐのを許して、菅原家を再び取り立てることです。そう

すれば、菅丞相の亡き魂も恨みを晴らし、天下万民もこのうえなく喜びます。阿闍梨だけが頼りです。菅丞相の件がうまくいったら、私のこともお願いします。主上は根も葉もない謀反《むほん》の噂《うわさ》を本気になさって、激怒しておられるのです。『そうではないのです』と、お口添えいただきたい」

丁寧に頼まれ、阿闍梨はうなずいた。

「おっしゃるとおり、菅丞相の恨みが晴れないから、天候が荒れているのだと思います。愚僧はもともと、菅丞相とは師弟の仲。霊魂の怒りを鎮めるため、菅秀才どのが菅原家を継げるよう、主上にうまく申しあげましょう。輝国よ、法皇さまにもそのようにお伝えしなさい。みなさまはこちらへ」

斎世親王、刈屋姫、菅秀才を連れて、阿闍梨は紫宸殿からさらに奥へと入っていった。輝国はおおいに喜び、「阿闍梨さまが引き受けてくださった、と法皇さまにお伝えし、すぐに戻ってこよう」と、逸《はや》る思いで法皇の住んでいる御所へ向かった。

春藤玄番《しゅんどうげんば》から、「斎世親王と菅原家の姉弟がひそかに宮中にやってきました」と知らせを受け、いまや太政大臣《だじょうだいじん》となった藤原時平《ふじわらのときひら》は、たいそう驚いた。左中弁平希世《さちゅうべんたいらのまれよ》と三善清貫《みよしのきよつら》を前後に従え、一目散に走っていき、清涼殿《せいりょうでん》の様子を遠くからうかがう。

「たしかに玄番が言ったとおり、この時平《しへい》にとって都合の悪いやつらがいるな。片っ端からぶち殺し、帝《みかど》と法皇も島流しにして、私が至高の座、皇位につくのだ！　清貫、希世、ぬかるなよ」

時平は四方八方へ目を配り、邪魔者を殺害するチャンスを待った。そうとも知らず、

「輝国、どこだ？　法皇さまの御所へ帰ったのかな」

と菅秀才が奥から出てきた。時平が「いまだ！」と声をかける。希世が素早く菅秀才に近づき、か弱い腕先をつかんでねじ伏せた。

時平はからから笑い、

「蝿《はえ》同然のこわっぱだが、生かしておいては後日の禍根《かこん》となる。首を討ったと思ったのに、こざかしいことに私をだまし、今日まで命を長らえていたとは……。さては松王《まつおう》め、謀《はか》りおったな。偽者の首をつかまされる、きさまもきさまだ。この、うっかりぼんやりのまぬけめが！」

と、片手で春藤玄番の肩骨をむんずとつかんだ。「油断して不忠義なことをすると、こうなる！」

時平はもう一方の手で一息に玄番の首を引っこ抜くと、ぽいと向こうへ投げ捨てる。

「さてさて、そこの二人。このこわっぱは私に任せ、斎世親王と刈屋姫を引っ立ててこい」

時平に命じられ、清貫と希世は「ははっ」と奥へ向かおうとした。

そのとき、晴れていた空がにわかにかき曇った。風が吹きすさび雨が叩《たた》きつけ、稲光がきらめきながら虚空を走る。つづいて、天地が崩れるような大きな雷鳴が、ぱちぱちぱちぱちぱち、ぐわらぐわらぐわらと轟いた。清貫と希世はがちがちと体を震わせ、顔を青くして逃げ惑う。

時平はびくともしない。

「なんと臆病《おくびょう》な腰抜けどもだ。雷なんぞ、鳴るなら鳴れ、落ちるなら落ちろ。雷神や雷火など、我が足で踏み消してやる！」

菅秀才を小脇《こわき》に抱え、空をにらみつけて、逃げる素振《そぶ》りもなく立っている。

雷はなおも鳴り響き、激しく地面を震わせた。希世は生きた心地《ここち》がせず、階段の下でしゃがみこんでいたが、その頭上に車輪状の巨大な火の玉が出現した。それが落下したように見えた次の瞬間、希世の全身が燃えあがり、炎で焼けただれた。天罰覿面《てきめん》、書道の師匠である菅原道真《すがわらのみちざね》の罰《ばち》が当たったのだ。ざまあみろ、といった感のある最期だった。

この状況を目《ま》の当たりにしても、時平の強気はへし折れることがなかった。

「三善清貫、どこにいる。私にかなう雷神などおらん。怖かったらそばへ来い」

自分を呼ぶ声を頼りに、清貫は時平に近づいた。直後、清貫も雷に打たれて即死した。

希世につづき清貫も死んだのを見て、さすがの時平も怖くなった。膝《ひざ》がわなわなと震えてくる。その隙《すき》をつき、菅秀才が時平の腕から逃げだした。しまった、と時平が思ったときには、すでに物陰に隠れでもしたのか、菅秀才の姿はどこにも見当たらなくなっていた。

こうなったら、頼れるのは仏の力しかない。時平はそう思い、紫宸殿へ走った。阿闍梨が作った壇のうえに駆けあがり、両袖《りょうそで》で頭を覆ってうずくまる。

そんな時平の左右の耳から、それぞれ三十センチほどの小さな蛇が出てきた。時平は痛みに悶絶《もんぜつ》し、気を失って仰向《あおむ》けに倒れた。耳から抜けでた二匹の蛇は、壇に立ててあった御幣に入っていったかのように見えた。するとたちまちのうちに、この世を去った桜丸《さくらまる》と八重《やえ》の姿が壇のうえに出現し、影のようにすっくと立った。

「腹立たしい、恨めしい。菅丞相は心をつくして主上にお仕えしていたにもかかわらず、おまえのせいで無実の罪に翻弄《ほんろう》され、筑紫《つくし》の地で命果てられた。その怨念《おんねん》は晴れることはない。むろん、我々夫婦の恨みもだ。曇り空にきらめく雷の炎となって、深紅の桜の花びらのように、おまえの命を散らしてやろう！　さあ来い、こっちへ来い」

桜丸と八重の霊は、時平の頭をつかんで引っ立てた。

物音に驚き、法性坊の阿闍梨が紫宸殿に駆けこんできた。見ると、明らかに生者ではないものがいるではないか。人形《ひとがた》をしたそれは、夜明けの月に照らされた桜のように、ふたつ並んで白々と浮かんでいた。加持祈禱をして退散させねばならない悪霊だ。阿闍梨はそう思い、数珠《じゅず》をさらさらと押し揉《も》んで、千手観音の真言《しんごん》を繰り返し繰り返し唱えた。

阿闍梨の声が耳に届いたのか、気絶していた時平がよろよろと立ちあがる。時平の目にも、桜丸夫婦の霊が眼前に立っているのが見えた。しかし、はたして夢なのか現実なのか、状況がよくわからない。ただ、手をのばしてみても、霊が発散する妄執の雲と霧にさえぎられ、触れることはできなかった。

時平は恐怖にかられて逃げようとしたが、逃がすまじと向かってくる桜丸と八重の霊にたちまち追いつかれた。

「刃《やいば》にかかってこの世を去り、体は地獄の業火《ごうか》に焼かれ、桜のように赤く燃える。苦しみと恨みに身を焦がす、我らはまるで八重咲きの桜。阿闍梨がいくら祈ろうとも、決して退《の》かず離れずに、この怨念はいつまでも、枝垂れ桜《しだざくら》のごとくおまえにまとわりつくぞ」

はたいても去ろうとしない犬のように、桜丸夫婦の霊は時平につきまとう。死霊をそのままにしておくわけにはいかないと、阿闍梨はいっそう数珠を揉んで祈ったが、

「いやいやいやいやいや、どれだけ祈ろうとも、我らと同じように地獄の苦しみを味わわせてやる！」

と、霊はなおも時平に近づこうとする。

それを見て、阿闍梨はさらに祈った。すると、霊の輪郭は曖昧《あいまい》になり、宮中に咲く彼岸桜のように淡く散る。阿闍梨が少し祈りを弱めると、再び霊は姿をくっきりとさせる。とはいえ、数珠を恐れているのか、阿闍梨の近くへは寄ってこないのが不思議だった。

紫宸殿で阿闍梨が祈ると、弘徽殿《こきでん》に桜丸夫婦の霊が現れる。阿闍梨が弘徽殿へ行くと、桜丸夫婦の霊は清涼殿に出没する。追いかける阿闍梨が清涼殿に着いたころには、霊は梨壺《なしつぼ》に。そうかと思えば梅壺《うめつぼ》、今度は天皇の寝室、次には天皇の執務室と、阿闍梨と霊は宮中のなかをぐるぐるまわり、追いかけっこを繰り広げた。祈る阿闍梨、消えぬ怨霊。両者は揉みあい、力をぶつけあったが、紫宸殿の壇のまえに戻ったところで、とうとう阿闍梨の祈禱が競《せ》り勝った。

桜丸の霊は、

「阿闍梨、阿闍梨」

と苦しげに言った。「時平は菅丞相を嘘《うそ》で陥《おとしい》れただけでなく、皇位を奪おうとしている。そんなやつを助けるとは、どういうことだ。さてはあなたも、朝敵に力を貸すつもりか」

阿闍梨はそれを聞き、ことの重大さに驚いた。

「なんと。そんなこととは知らず、平和な御代《みよ》を乱そうとする輩《やから》を守ってしまった。数珠を汚すような真似《まね》をしたのが悔やまれる」

阿闍梨は祈禱をやめて立ちあがり、時平を放置して壇のまえを離れた。

時平はパニックになり、阿闍梨のあとを追って天皇の執務室へ逃げこもうとした。

そんな時平を、桜丸夫婦の霊は髻《もとどり》をつかんで引き戻す。

「阿闍梨が祈禱をやめたからには、思いのまま我らの力を振るうことができる。いまこそおまえを、冥土《めいど》の闇路《やみじ》へと連れ去ろう！」

罪人を打つ鞭《むち》の代わりに、霊は桜の枝を振りあげ、時平を追い立て、追いまわした。枝でばしばしと打たれ、恐怖に虚脱した時平の体は、蟬《せみ》の抜け殻のごとく、魂の入っていない単なる器と化したようだった。

「これで恨みが晴れた」

桜丸と八重は、時平を庭にどすんと蹴落《けお》とし、うれしそうに笑った。桜が散るように、二人の姿がかき消える。道真の霊魂も鎮まり、空が晴れわたって、再び太陽が光り輝いた。

この顚末《てんまつ》を見ていた菅秀才と刈屋姫は、庭へ走りでた。

「父上の敵《かたき》！　逃がさないぞ！」

用意しておいた懐剣を抜き放ち、「恨みの刀を思い知れ！」と時平の体に突き立て、刺し貫く。

敵《かたき》を討ち、姉弟が喜んでいるところへ、「斎世の宮さまと刈屋姫さま、そして若君さまはご無事だろうか」と、松王丸《まつおうまる》が輝国とともに宮中にやってきた。白大夫《しらたゆう》と梅王丸《うめおうまる》も太宰府《だざいふ》から帰ってきて、紫宸殿の階段の下で頭を下げる。

菅秀才と刈屋姫が、いま起きた出来事を語り聞かせた。桜丸夫婦の霊が時平の悪事を暴いたと知り、白大夫をはじめとする面々はおおいに喜んだ。斎世親王を連れて、法性坊の阿闍梨が奥から出てきた。阿闍梨も、とてもうれしそうな様子だ。

「みなさんの願いがかないましたよ。『菅秀才に菅原家の家督を継がせ、菅丞相には正一位の官位を追贈する。右近衛府《うこんえふ》にある馬場に社《やしろ》を築いて、菅丞相を南無天満大自《なむてんまんだいじ》在天神《ざいてんじん》として崇《あが》め、御所の守護神とする』と、主上の命令が下りました」

阿闍梨の言葉に、一同は歓喜の声を上げたのだった。

その喜びの声がいまもこだまするかのごとく、京の北野《きたの》にある天満宮《てんまんぐう》は、千年も万年も朽《く》ちることのない神社として、栄えつづけている。道真が死んだ日に、一晩のうちに生えたという千本の松の木も、神社の回廊や拝殿も、錦《にしき》の帳《とばり》も、水晶でできた柱も、瑪瑙《めのう》の梁《はり》や瑠璃《るり》の垂木《たるき》も、すべて当時のままの姿で、我々の祈りに耳を傾けてくれている。

京には北野天満宮、難波《なにわ》には大坂《おおさか》天満宮。天神さまとなって両神社に祀《まつ》られた菅原道真の、徳とありがたくも不思議な力は比類がない。

道真がどのようにして、人々から篤《あつ》い信仰を寄せられる天神さまとなったか。その物語を、こうしてあらかた書き残すことができたのも、筆で文字を記せるおかげだ。

書の道、文字の尊さを、下々のものにまで伝授した菅原道真。偉大で徳の高い彼のことを、この国に住む人々はいまでも崇め、敬《うやま》っている。

全集版あとがき

名もなき人々の物語

『菅原伝授手習鑑《すがわらでんじゅてならいかがみ》』を全訳するにあたって心がけたのは、「なるべく原文に忠実に(不用意にたしたり引いたりせず)、なおかつ現代語として読みやすく」ということだ。読みやすさを重視し、地の文の敬語は迷ったすえに省いた。原文では、身分のちがいに基づき、地の文にも敬語が多用されている。

本作は、厳然たる身分制度が存在する世界の話であり、当時の観客もそれを自明のこととして受け止めていたはずである。しかしながら、あるいは、それゆえに、本作は身分制度に起因する悲劇や苦悩、社会の矛盾を描いた物語だとも言える。その点が明らかになるよう工夫はこらしたつもりだ。

「筑紫《つくし》配所《はいしょ》の段」という段名は、現在、文楽《ぶんらく》(人形浄瑠璃《にんぎょうじょうるり》)で上演される際には、

「天拝山《てんぱいざん》の段」となっている。内容がよりわかりやすい段名は前者だろうと考え、底本の表記に従った。「再び、大内《おおうち》の段」は、底本では「大内の段」となっているが、それだと冒頭の「大内の段」と区別がつかないので、「再び、」をつけ加えることにした。

また、「車曳《くるまびき》の段」で、梅王丸《うめおうまる》と桜丸《さくらまる》が時平《しへい》の牛車《ぎっしゃ》を止め、従者とやりあうシーン。ここは原文では、従者ではなく、最初から松王丸《まつおうまる》とやりあっている（「車やらぬと立塞《ふさが》る。ヤア何者なれば狼藉《らうぜき》すると顔を見れば松王が兄弟。梅王丸桜丸。ム、聞へた。主に離扶持《はなれふち》に離レ。気が違ふての狼藉か。但シは又此車時平公と知ツて止めたか知らいで止めたか。返答次第兄弟迚用捨《とてようしや》はせぬと。白張《はくちやう》の袖まくり上ヶ」）。しかし、現行の文楽、歌舞伎とも、「傍《あたり》に近ヵ付《つく》者もなし。松王いらつて。ヤア命知らずの」から、梅王丸、桜丸と松王丸が直接対決するという演出になっており、現在の観客にはそのほうが馴染《なじ》みがあるだろうと考え、ここだけはあえて原文に即した解釈を採らなかった。

訳文は内山美樹子《うちやまみきこ》氏（全集版解題）にチェックをお願いし、細やかな指摘をいただいた。学生時代、内山先生の講義によって、文楽の楽しさ、奥深さを知ることができた。それも併せて、感謝してもしきれない気持ちだ。また、「永字八法」「筆格十六点」については、細谷恵志《ほそやけいし》氏に丁寧にご教示いただいた。お二人に心から御礼申しあげます。

訳に誤りがあるとしたら、当然ながら、責任はすべて訳者にある。

『菅原伝授手習鑑』は、竹田出雲《たけだいずも》を立作者《たてさくしゃ》（リーダー）に、並木千柳《なみきせんりゅう》（宗輔《そうすけ》）、三好《みよし》松洛《しょうらく》、竹田小出雲《こいずも》（二世出雲）が合作し、松洛が「道明寺《どうみょうじ》の段」を、千柳が「佐太村《さたむら》の段」を、小出雲が「寺子屋《てらこや》の段」を、それぞれ執筆したという。しかし研究が進んだ現在では、立作者や役割分担に関して異論・異説がある。

訳していると、単語の選びかた、文章のリズム、人物造形、ストーリー展開の風合いなど、たしかに段によってちがいがあることが感じられた。確信を持って言えるのは、「道明寺の段」（松洛執筆）とそれ以外とでは、文章が明確に異なるということだ。「道明寺の段」以外の文章は、グラデーションはあれど、「佐太村の段」（千柳執筆）のリズムで均《なら》す意図が働いている気がする。つまり、『菅原伝授手習鑑』の立作者は並木千柳だ、と個人的には思う。役割分担について、段ごとにあれこれ推測してみるのは楽しかった。

だれが創作の主導権を握っていたにしろ、合作であるのは確実だ。そのせいなのか、登場人物が段によって、文字通り「ひとが変わった」ようになる。たとえば白大夫《しらたゆう》は、「佐太村の段」と「筑紫配所の段」（私見では松洛がおもととなる文章を執筆）とでは、驚きの人格豹変《ひょうへん》ぶりを見せる。

ところが武部源蔵《たけべげんぞう》の場合、「筆法伝授《ひっぽうでんじゅ》の段」（私見では千柳執筆）のなかだけでも人格が変わるのである。これらの「人格不統一」を、どうとらえればいいのか。

現代を生きる我々は、確固とした「自分」「個性」を有している、と考える傾向にある。創作物においても、登場人物が「個々人の性格」に基づき、終始一貫した言動を取ることが当然とされる（素っ気ない言動だった人物が急にデレデレしだすと、「人物造形がブレている」と受け取られる、など）。

しかし、『菅原伝授手習鑑』成立当時の人々（江戸時代人）は、「ひとは相手の身分によって、あるいは自分が置かれた立場や局面によって、文字通り『ひとが変わった』ように言動を変える生き物だ」と考えていたのではなかろうか。そして、その人間観は、真実の一面を衝《つ》いている。我々現代人とて、立場がうえのひと（上司など）と親しいひと（家族や友だちなど）とでは、言葉づかいや態度や見せる顔を変える。追いこまれれば、ふだんは温厚で善良なひとであっても、いくらでもずるさや暴力性を発揮することがあるだろう。確固たる「自分」や「個性」が存在すると考えるのは、一種の幻想と言えるかもしれない。そう思えば、本作で散見される「ひとが変わった」ような描写も、ブレや矛盾ではまったくない。むしろ作者たちの、的確な人間観察と洞察に裏打ちされたものなのである。

「『個の存在』に重きを置かないのだとすると、それは『人間』そのものを軽視し、ないがしろにすることにつながるのではないか」と気になるかたもおられるだろう。だが、『菅原伝授手習鑑』をお読みいただければ、決してそうではないと諒解《りようかい》されるはずだ。本作は冒頭で高らかに謳《うた》いあげる。「皆是擬議《ぎぎ》して変化をなす。豈誠《あに》の木精ならんや（これらはみな、ひとの思いが結晶して、樹木に変化《へんげ》をうながしただけのことだ。本来の意味での「樹木の精霊」とは言えない）」――すなわち、「これは人間の物語なのだ」と。

本作が語ろうとしている「人間」とは、名もなき市井《しせい》のひと、弱い立場に置かれたひとのことだ。かれらのかそけき声を聞き、かれらの思いを観客へ届けることに、作者たちは情熱のかぎりを傾ける。「文字」という手段を使って。

実際の過去の出来事に題材を採りながら、弱い立場に置かれた人々に焦点を当ててフィクションを構築する、という手法は、同じ合作者により、『義経千本桜《よしつねせんぼんざくら》』『仮名手《かなで》本忠臣蔵《ほんちゅうしんぐら》』へと進化／深化していく。順番に読み比べ、共通する主題がどのように変奏されるのか、楽しんでみてはいかがだろう。

なによりもぜひ、劇場に足を運び、文楽の舞台をご覧いただければと願う。

『菅原伝授手習鑑』の初演から、二百七十年以上経《た》つ。作者たちがこめた人間への熱い思いは、舞台上でいまもきらめきを放ち、多くのひとの胸を打ちつづけている。

底本
・「菅原伝授手習鑑」横山正　校注・訳（日本古典文学全集45『浄瑠璃集』所収）小学館　一九七一年

主な参考資料
・「菅原伝授手習鑑」祐田善雄　校注（日本古典文学大系99『文楽浄瑠璃集』所収）岩波書店　一九六五年
・『菅原伝授手習鑑　通し狂言　人形浄瑠璃文楽名演集』（ＤＶＤ）ＮＨＫエンタープライズ　二〇〇九年
・『浄瑠璃史の十八世紀』内山美樹子　勉誠出版　一九八九年
・『「菅原伝授手習鑑」精読　歌舞伎と天皇』犬丸治　岩波現代文庫　二〇一二年

文庫版あとがき

本作では、「みなさんご存じ菅原道真公《すがわらのみちざね》が、天神《てんじん》さまとして崇《あが》められるようになるまでには、実はこういうあれこれがあったんですよ」ということが語られる。菅原道真が登場するからには、平安時代の話なのかなと思いきや、寺子屋などという江戸時代感満々の設定が出てくるので、読者のみなさまは頭が混乱されただろう。申し訳ない。

作中の平安時代は、トンチキ平安時代なのだ。当時の戯作者《げさくしゃ》たちは、「きちんとした時代考証をせねば」とはまったく考えなかったようで、「俺《おれ》たちなりの平安時代」が自由奔放に繰り広げられる。そこが楽しいところだし、当時の観客も案外、「えー！　平安時代なのに寺子屋が出てきた。ＳＦか！」と、意外性を喜んで味わっていたのかもしれないと思う（「へえ、平安時代にも寺子屋があったんだなあ」と本気で受け止めてた観客もいそうな気もする）。

いずれにせよ、「寺子屋教師の源蔵《げんぞう》が、道真から筆法を伝授された」というのがミソだ。これはもちろん、史実に基づかない捏造《ねつぞう》エピソードなわけだが、本作はしれっとした顔で、「そのおかげで我々庶民も、いまに至るまで、寺子屋で文字を習うことができ、文字を使って、こうして物語を伝えることができるんです。文字と道真公に感謝」と言う。

しかし人形浄瑠璃《にんぎようじようるり》は、義太夫節《ぎだゆうぶし》を聞いて楽しむ芸能だ。観客のなかには、文字を読み書きできないひともいたはずだ。それでも、人形の動きを見て、義太夫節を聞く人形浄瑠璃なら、まったく問題ない。話のおもしろさが充分に伝わる。

つまり本作は、文字のありがたさを、文字ではない表現手段を用いて説く、というメタ的な構造を持っている。ここに、戯作者たちの気概《きがい》と反骨精神がこめられていると感じる。

「文字ってのはいいものだから、この劇を見たみんなも、寺子屋でちゃんと勉強しようね」と言っているのだ、とも解釈できるだろう。でも個人的には、たぶんそうではないと思う。なぜなら、文字を庶民に伝えた（と作中ではされている）道真が、白とも黒とも言いがたい、非常に微妙な存在として描かれているからだ。

白大夫《しらたゆう》や三つ子の兄弟が見舞われた悲劇に対して、道真はほとんどなにもしない。

立田《たつた》が殺されるところも、ただ見ているだけだ。なぜ道真は、白大夫たちに襲いかかる悲劇と理不尽をよそに、「きっといつか、主上《おかみ》は私の本心をわかってくれるはず」ということばかり思っているのか。

身分がちがうからだ。道真にとって白大夫たちは、ものの数にも入らぬ、どうでもいい庶民だからだ。悪気はないのかもしれない。現に「筑紫《つくし》配所《はいしょ》の段」では、道真が牛についての講釈を受け、「白大夫は物知りですごいなあ」というようなことを言っている。いいひとではあるが、しかし、政権の中枢にいた道真からすると、白大夫たちが否応《いやおう》なしに放りこまれてしまった悲劇的状況など、小さなこと、取るにたらぬことなのだ。

だが、戯作者たちは本作で確実に、「我々庶民に襲いかかる悲劇と理不尽は、決して小さなことなどではない！　その悲劇と理不尽の原因は、往々にして権力者側にあるにもかかわらず、やつらは我々の苦しみをまえにしても見て見ぬふりだ！」と叫んでいる。だから本作では、道真が白とも黒ともつかぬ人物として（よく読めば批判に値するようにも受け取れる人物として）描かれているのだ。劇中で、道真の存在が庶民と権力者のあいだに配置されているのは、非常に象徴的だ。彼がもともとは高級貴族の家柄ではないことは、「道明寺《どうみょうじ》の段」でも示される。

観客のなかには、子どものころに寺子屋で文字を習得できるような状況ではなかったひとも、たぶんいただろう。でも戯作者たちは、「大丈夫！　人形浄瑠璃なら、文字なんて読めなくても、お楽しみいただけるよ」と思っていたはずだ。文字をめぐって展開する庶民の苦しみと悲しみのストーリーを、芸能の力を通して、文字と無縁なひとにも届けてみせる。本作のメタ構造に、私が戯作者たちの気概を感じるゆえんだ。

本作は、「権力闘争に巻きこまれた菅原道真の悲劇」を描いているのではない。そういう体《てい》を取りつつ、実は、「道真をはじめとする、雲のうえの人々が繰り広げる権力闘争のせいで、思いもかけぬ悲劇や理不尽に見舞われ、それでもなんとか運命に抗《あらが》おうと決断する庶民たち」の姿と苦悩こそを描いている。弱い立場に置かれたひとたちに、徹底して寄り添っているのだ。

なぜ我々は、取るにたらぬ存在であるかのように、大きな力（それは運命だったり、権力者の意向だったりするだろう）に翻弄されねばならないのか。どんな悲劇と理不尽のただなかにあっても、精一杯に生きようとし、最善の道を選択しようとする意思を持った、「人間」だというのに！　この思いが貫かれた本作（ひいては人形浄瑠璃全般）が、権力や体制側への批判的な眼差しと反骨精神を持っているのは、当然だと言える。

これは、私たちのための物語なのだ。歴史に名を残すことなどなく、けれどたしかに感情と思考を持って、懸命に日々を生きている。そういう、権力者の都合や思惑で踏みつぶされていいはずがない人々の、声なき声に耳を澄まし、それを文字で掬《すく》いとって、文字を介さずに表現できる芸能で観客に伝えようとした、私たちのための劇なのだ。

市井《しせい》に生きるひとたちの苦しみと喜び、心の機微《きび》にひたすら寄り添い、かれらに理不尽を強いるものとはなんなのかを問い、運命に抗おうと必死にもがくかれらの姿を描く人形浄瑠璃が、私は好きだ。たとえば、本作と同じ戯作者チームが書いた『仮名《かな》手本忠臣蔵《でほんちゆうしんぐら》』は、「忠臣」と銘打ちつつ、実は「不忠臣」の話であり、権力者への批判と、ひとの感情をないがしろにするシステム／社会構造に対する疑念を、より前景化・先鋭化した形で描いている。また、近松門左衛門《ちかまつもんざえもん》の『女殺油地獄《おんなころしあぶらのじごく》』は、ひとつの家（家族）のなかで、異なる身分と階級が複雑に入りまじっており、その閉塞感、「（身分によって）あらかじめ定めづけられた生」への反発が、悲劇を呼び起こしたのだと読めなくもない。

楽しいエンタメの形を採りつつ、人形浄瑠璃が提起したこれらの問題点は、残念ながら過去のものにはなっていない。現代においても、「なにかがおかしい」と声を上げても社会構造はなかなか変わらず、投票してもしても民意が政治に反映した実感はあまり得られず、政治家はなぜか世襲が多いし、既得権益を持つものに都合のいいシステムが構築されているように思える。都会か地方か、どんな家庭に生まれるかなどで、機会や教育資本に大きな差が生じ、本人の資質や能力とは関係ない部分で、将来までもが決定づけられてしまっているきらいがある。江戸時代といまと、いったいなにがちがうんだろうと、暗澹《あんたん》たる気持ちになる。

　だが人形浄瑠璃は、現在に通じる希望も描いている。繰り返しになるが、市井に生きる登場人物たちは、その言動を通して、「感情と意思を持って、運命や理不尽に抗う私たちは、踏みにじられるがままのちっぽけな存在などではないのだ」と、高らかに表明してみせる。現代の劇場で文楽《ぶんらく》（人形浄瑠璃）を見るたび、私は笑ったり涙したりしつつ、作品にこめられた人間賛歌と、弱い立場に置かれた人々への共感にあふれたあたたかい眼差しに、激しく胸打たれずにはいられない。

　本作が初演から二百七十年以上、上演されつづけ、観客の感動を呼んでいるのは、ここに描かれた社会の矛盾や理不尽、登場人物たちの苦しみが、現代においても解消していないからだ。同時に、二百七十年以上経《た》っても、我々が希望を捨てず、諦めていないことの証《あかし》でもある。理不尽な思いをするひとが一人もいない社会を構築すべく、感情と意思を持って、少しずつでも歩んでいこうとするかぎり、本作が宿す輝きは失われないだろう。

本作を読んで(あるいは劇場で見て)、「どういう心情なんだか、よくわからない」という点は、あまりないはずだ。たとえば、セクハラ、パワハラをするひとは昔からいたし、江戸時代においても、そういうことをするやつは、「卑劣で想像力と共感力を欠いたバカ」だと思われてたんだなということが伝わってくる。女性同士が連帯してハラスメントに対抗していたことも、夫婦間でぽんぽんものを言いあっていたことも、少々「不出来」とされる子でも親にとっては大切でかわいい存在だったことも、ダジャレを連発してしまうひとがいることも、生き生きと描かれていて、わかるなあという感じだ。我々現代人と、なにも変わるところはない。

ただ、松王丸《まつおうまる》の言動と選択については、少し補足が必要かもしれない。松王丸は、道真への「恩義」と、仕えている主君である藤原時平《ふじわらのときひら》への「忠義」に、引き裂かれたひとなのだ。

道真のおかげで、白大夫は生計を立てられ、三つ子もすくすく育って、就職先まで斡旋《あっせん》してもらった。白大夫一家にとって、道真は大恩人だ。しかし、時平の牛飼いとなった松王丸にとって、主君は道真ではない。お世話になった道真に恩義は感じているが、忠義を尽くすべきは、主君である時平だ。

平時なら、それで問題はなかったわけだが、道真と時平は政治的に対立することになってしまった。松王丸は苦しい立場に追いこまれる。ピンチに陥《おちい》った道真を助けて恩返しをしたい気持ちはやまやまだが、そうすると、主君である時平を裏切った不忠者ということになる。当然、白大夫やほかの兄弟も、「不忠者の松王丸の家族だ」とうしろ指を差されてしまうだろう。そこで松王丸は、「白大夫に勘当《かんどう》を願いでて親子の縁を切ったうえで、我が子を菅秀才《かんしゅうさい》の身代わりにする」という苦渋の決断をした。ぎりぎりまで忠義を尽くしつつ、最終的に恩義を選び取るためには、それしかなかったのだ。むろん、その決断がどれほどの苦悩と悲しみを伴うものだったかは、作中につぶさに描かれている。

そもそも道真が、三つ子にばらばらの就職先を斡旋しなければ、こんな事態にはならずにすんだとも言える（松王丸を時平の牛飼いに、桜丸《さくらまる》を斎世《ときよ》親王の牛飼いにと、就職先をばらけさせたのは、道真のなかに、政敵と宮中の情報を収集しようという意図があってのことだったのではないか、とも推測できる）。松王丸本人も言っているとおり、「運がなかった」のだ。もし、時平の牛飼いになったのが梅王丸《うめおうまる》だったら、彼も松王丸と同じように、恩義と忠義のあいだで苦しみ抜くことになっただろう。

就職斡旋のときから、いや、かれらが三つ子として生まれ、それを道真が言祝《ことほ》いだときから、運命は決していた。せっかく紹介してもらった就職先にケチをつけることなど、(身分的に)できない。それ以前に、この世に生まれてくるのを拒むことはできない。大きな理不尽と権力闘争の渦に巻きこまれた白大夫一家は、それでも必死に、各人の良心に基づいて、最善の道を探り、選択したのだ。

単に「運命」のためだけでなく、白大夫一家には、もともと不穏な火種がくすぶっていたのだと、さりげなく描いているのもまたうまい。長男として尊重される梅王丸と、末っ子としてかわいがられる桜丸に、松王丸は従来、少々鬱屈《うっくつ》した思いを抱いていた。父である白大夫に、自分も認められ、愛されたいものだと願っていた。だが、苦しい立場に追いこまれた松王丸の気持ちや、勘当を願いでた真意を、白大夫も兄弟もまったく理解しない。白大夫一家のディスコミュニケーションが、悲劇をいよいよ加速させていくつくりになっている。

大切な相手からの愛と理解を、求めたほどには得られない苦しみは、いつの時代でも、だれにとっても、覚えのあることだろう。恩義や忠義は、現代ではピンと来ないかもしれないが、似たようなことはあちこちで起こっているはずだ。たとえば、組織の歯車となって必死に働いてきたのに、不正を黙っているように会社から言われた、とか。告発したいが、仲のいい同僚たちが迷惑するかもしれないし、職を失って家族が困窮するかもしれない。良心と立場の狭間で引き裂かれる思いをしているひと、それが松王丸なのだと考えていただくと、「佐太村《さたむら》の段」「寺子屋《てらこや》の段」での彼の言動が、より腑《ふ》に落ちやすいのではないかと思う。

『菅原伝授手習鑑《すがわらでんじゆてならいかがみ》』は、緻密《ちみつ》な構成といい、真に迫った登場人物たちの心情表現といい、まごうことなき傑作だ。ぜひ文楽の公演をご覧になって、戯作者たちが本作にこめた思いを感じていただければ幸いです。

解題

児玉竜一

『菅原伝授手習鑑《すがわらでんじゅてならいかがみ》』は、延享《えんきょう》三年（一七四六）八月に、大坂の人形浄瑠璃《にんぎょうじょうるり》の竹本座で初演された。すぐさま歌舞伎にも移入されて、同じ題で上演され、文楽《ぶんらく》・歌舞伎双方で、今日まで連綿と上演が続いている。

作者は、竹田《たけだ》出雲《いずも》、三好《みよし》松洛《しょうらく》、並木《なみき》千柳《せんりゅう》、竹田小出雲《こいずも》による合作。この竹田出雲は初代で、本作を絶筆として翌年に没し、遺児の小出雲が二代目として竹田出雲を名乗るようになる。この、二代目出雲・松洛・千柳という三人は、翌年『義経千本桜《よしつねせんぼんざくら》』、翌々年『仮名手本忠臣蔵《かなでほんちゅうしんぐら》』を書き下ろす。いわば日本の長編戯曲の黄金時代というべき、人形浄瑠璃最盛期を招来した原動力である。並木千柳は、竹本座のライバル豊竹座の主戦作者として並木宗輔《そうすけ》を名乗っていた人物で、近松《ちかまつ》没後では最大の浄瑠璃作者の一人と目される。

『菅原伝授手習鑑』は、主要場面となる二段目切（「道明寺《どうみょうじ》」）、三段目切（「佐太村《さたむら》」）、四段目切（「寺子屋《てらこや》」）で、親と子の別れが描かれ、それを三人の作者がそれぞれ分担して描き分けたという作者伝説が残る（『続々歌舞伎年代記』）。さらに、初演当時、大坂で珍しい三つ子が誕生して、奉行所から褒美《ほうび》を賜《たまわ》ったという逸話もある。能『道明寺』や『雷電《らいでん》』から近松門左衛門《もんざえもん》『天神記《てんじんき》』などに描かれてきた菅原道真《すがわらのみちざね》伝を背骨として、こうした市井《しせい》の逸話や同時代の話題を盛り込むことで、初演当時としても「大昔」の出来事に、初演当時の「現代」を融合した作品となっている。

例えば主要登場人物である武部源蔵《たけべげんぞう》は、不義のために道真門下を去って、今は芹生《せりよう》の里で手習いの師匠として子供たちを教えている身の上である。彼が菅家《かんけ》の筆法を伝授されることで、「今も寺子屋で菅原道真をお敬いする、来歴もかくの通りなのである」といった由来譚《ゆらいたん》が語られる。もちろん正史における道真の時代に寺子屋はないわけだが、過去と現在を意図的に混淆《こんこう》させて、大昔の物語に、生々しい現代的なリアリティを与えるのである。同時に、作品が流布《るふ》したのちは、作中人物たちは巷間《こうかん》の沃野《よくや》に自由に羽ばたき、武部源蔵の子孫が営むと称する神社さえも実在する。我々はその真偽を追求するのではなく、物語から発する大いなる伝承伝説の力を、あらためて感じるべきなのであろう。

大序冒頭で、植物が人の姿となり、人が植物の化身となる例を挙げつつ、梅、松、桜の三つの植物が紹介される。これらはいずれも、菅原道真に所縁《ゆかり》があり、
梅は飛び桜は枯るる世の中に　なにとて松のつれなかるらん
という道真の詠《よ》んだ歌に、梅、松、桜が読み込まれている。そして、これが、太宰府《だざいふ》まで道真の後を慕ってゆく「飛び梅」（四段目「天拝山《てんぱいざん》」）、桜が生命を絶つ「桜丸切腹《さくらまる》」（三段目）、つれないと言われた松の報恩（四段目「寺子屋」）へとつながってゆく、というように、全五段を通してそれぞれが緊密に結びついて全体構成をなしている。かつて人形浄瑠璃の全段通しに対しては、「悪《あ》しき教養主義におだてられた狂気の沙汰《さた》」というような不見識からなる発言が、作家からなされたこともあるが、今日そのような意見に与《くみ》する者は誰もいない。
大序において、日中の国際関係を背景として、病弱な帝《みかど》を擁《よう》する宮中が、藤原時平《ふじわらのときひら》の野心という火種を抱えた政争状態にあることが暗示される。続く「加茂堤《かもづつみ》」では、梅王丸《うめおうまる》・松王丸《まつおうまる》・桜丸の三兄弟が登場、ここが三兄弟が睦《むつ》まじく過ごしていた時間をみせる唯一の機会となる。斎世《ときよ》親王と道真の養女刈屋姫《かりやひめ》の初心《うぶ》な恋が、微笑《ほほえ》ましく描かれるが、これが政敵の利用するところとなる。初段の切「筆法伝授《ひっぽうでんじゅ》」では、菅家の筆法を伝えるべき後継者として、不義の咎《とが》で門下を去った武部源蔵が選び出され、伝

授は伝授、勘当《かんどう》は勘当とみなす道真の高潔な倫理観が同時に示される。そののち急転直下、道真は失脚して、太宰府へ流される流離の身となる。

以上に続いて展開される二段目、三段目、四段目は、それぞれの段でまとまった独立性を保ちながら、他の段と連携し、最重要場面となる切場では、サスペンスに満ちた事件と、それが解決した後に別れの愁嘆《しゅうたん》という、共通した構成の競演となっている。

二段目は、桜丸が飴売《あめう》りに身をやつして斎世親王と刈屋姫を匿《かくま》ってゆく道行から始まる。その途次、道真（菅丞相《かんしょうじょう》）左遷《させん》を聞いて、大坂の安井《やすい》へかけつける。安井は大阪四天王寺《してんのうじ》の西側、現在の安居《やすい》天神（真田幸村《さなだゆきむら》討死の地として知られる）の近く。汐《しお》待《ま》ちの逗留《とうりゅう》を幸いに、情けある判官代輝国《はんがんだいてるくに》が河内国土師《かわちのくにはじ》の里《さと》の伯母覚寿《かくじゅ》と、道真の暇《いとま》乞《ご》いを取り計らう。土師の里までは今日の電車で三十分、輿《こし》を仕立てた行列としては、遠くはないが、すぐそこまでという近さではない。この距離を利して、道真誘拐と暗殺の計画が謀《はか》られる。時平に一味する土師《はじ》の兵衛《ひょうえ》と宿禰《すくね》太郎《たろう》親子による計画は、鶏を宵《よい》の内《うち》に鳴かせることに始まり、まんまと成功したかにみえたが、道真自作の木像の奇瑞《きずい》と、覚寿の明察によって崩壊する。

事件がひとまず落着したとはいえ、娘立田《たつた》を失い、聟《むこ》宿禰太郎を殺し、聟の親兵衛の首も落ちた中で、覚寿は道真の説く由来譚の聞き手にひたすら徹する。髪を切った覚寿の館は、そのまま尼寺である道明寺となって現在（初演当時の「現在」であり、二十一世紀の「現在」でもある）まで健在である。道真の詠んだ「鳴けばこそ別れを急げ鶏の音《ね》の聞こへぬ里の暁《あかつき》もがな」という歌によって、周辺の村々はそののち鶏を飼うことがなくなった。語り物であることの強みが、とりわけ発揮されるのはこの段切れである。義太夫節《ぎだゆうぶし》の語り口は、登場人物の発語である「詞」、地の文である「地」、それに音楽的な抑揚を付した「節」に大別されるが、そのすべては一人の太夫によって語られる。道真の詠嘆は、道真個人の「詞」から、地の文である「地」へと滑《なめ》らかに移行しつつ、時に「節」による強調をともなって、道真が、のちに神として信仰される対象に昇華してゆく、その過程を見せてゆく。と同時に観客の目の前で展開されている大昔の出来事が、いま観客の生きている時空につながるのだという実感を与えるのである。

深夜の暗闇に始まったサスペンスは、夜明けとともに、菅原道真をめぐる神話的な由来譚となって幕を閉じる。

三段目は、三兄弟が敵対関係となって争う「車曳《くるまびき》」から始まる。道真と時平の政争は、家来たちにまで及んだ。このため、三つ子の兄弟も、時平に仕える松王丸と、道真に仕える梅王丸と斎世親王に仕える桜丸とに、分かれて争う。こうした兄弟間の深刻な亀裂を、京から程遠い佐太村に住む白太夫《しらたゆう》は知るよしもない。そう考えると、二段目（土師の里）、三段目（佐太村）、四段目（芹生の里）ともに、切場の事件は、中央の政争が郊外に波及したものとみることもできる。

「佐太村」は、古来稀《まれ》な七十の賀を祝う四郎九郎《しろくろう》が白太夫と名を改めるところから始まる。白太夫とは、道明寺の末社である白太夫社にちなみ、能「道明寺」にも登場する。三兄弟の嫁三人も訪れて、まことに多幸感あふれる牧歌的な光景が展開するが、松王丸と梅王丸の登場から、一気にそれが緊迫感を帯びる。兄弟の喧嘩《けんか》によって道真遺愛の桜の木が根もとから折れてしまう。参詣から戻った白太夫はそれを見ながら咎《とが》めることもしないが、後に述懐するところから逆算すると、桜丸の命を助けようと微力を尽くした様々な行為と祈りに対する、人智の及ばぬ結末を告げるものがこれということになる。内山美樹子《うちやまみきこ》はこれを、シェイクスピアの『マクベス』のバーナムの森の木に喩えた。すなわち、バーナムの森の木が動いて城に押し寄せぬ限り、マクベスが死ぬことはないとした魔女の予言にすがってきたマクベスの目の前で、実際に森の木が動いて城に押し寄せてくる（兵が木々で偽装したのにすぎないのであるが）ことで、マクベスが自らの死を突きつけられる終局部と同じだ、としたのである。

死を覚悟して登場した桜丸は、動いて城に押し寄せるどころか、女房八重《やえ》の前に正座すると、まるで植物のように寸毫《すんごう》も動こうとはしない。やがて白太夫が腹切り刀を与え、八重に早朝から（「佐太村」開幕前から）の事情を詳しく語る。白太夫は介錯《かいしゃく》の代わりに、鉦《かね》を打って南無阿弥陀仏《なむあみだぶつ》の念仏を唱える。ここでも語り物の強みは最大限に発揮され、白太夫が唱える念仏は、白太夫自身の発語（詞）から、地、節へと昇華して、その場に居合わす白太夫、八重、物陰で見守る梅王丸夫婦ばかりでなく、森《しん》羅万象《らばんしょう》すべてが死にゆく桜丸を悼《いた》むかのような、絶大な効果を発揮することになる。

桜丸の死を見届けた白太夫は、筑紫《つくし》の道真のもとへ旅立つ。後の始末が梅王丸夫婦に託されるというのが、いかにも長男らしさを感じさせる。梅は花の兄とされ、道真に因《ちな》む梅の花が、三兄弟の長男に選ばれるのは、まことに似つかわしい。後を追って梅王丸も筑紫へ飛ぶ。梅は飛び、桜は枯るる世の中に、残された「松」の物語が、四段目に展開することになる。

四段目は、道真が流された先の「天拝山」から始まる。時平の叛逆《はんぎゃく》を聞いた道真の形相《ぎょうそう》が変わり、雷神と化す有様は、御霊神《ごりょうじん》としての道真からすればこちらが順当なあり方ながら、二段目までの道真像との懸隔《けんかく》に驚く。一つには恐らく作者が異なるためであり、またこの場は次の「北嵯峨《きたさが》」で明らかになるように、道真の御台所《みだいどころ》が見ていた夢であった。「北嵯峨」では、時平の討手を迎えて八重が討ち死に、御台所は何者とも知れぬ山伏《やまぶし》によって救出される。

この「何者とも知れぬ」というのが、人形という特性を大きく活かした設定である。続く「寺子屋」でも導入部に登場する小太郎《こたろう》の母親は、後に松王丸の女房千代《ちよ》と分かる。すでに三段目「佐太村」に登場している人物である。人間が演じる歌舞伎の場合、すでに登場した人物が「何者とも知れぬ」設定で登場するのは不可能である。ところが人形の場合、たとえ同じ種類のかしらを用いたとしても、それが同一人物であるかどうかは、語りによって根拠を与えられない限り保証されない。「北嵯峨」の山伏が、実は松王丸であったという設定も、この人形の特性を活かしたものである。

「寺子屋」は、身代り劇の代表作とも目される作品である。日本の古典演劇を代表する名作とみなされてきた。松王丸という名前には、兵庫の築島《つきしま》造営にあたって、多くの旅人の身代りに人柱となった松王健児《まつおうこんでい》の面影《おもかげ》が揺曳《ようえい》しており、松王といえば身代りというイメージがあった。しかし、作中で松王丸自身が言うように、身代り首を差し出すなどという手段は「古手《ふるて》な事」、すでに初演当時でもありふれたものであった。

「生き顔と死に顔は相顔《そうごう》が替わる」という指摘も、他ならぬ並木宗輔（千柳）の作品『鶊山姫捨松《ひばりやまひめすてまつ》』の中に同じ文章がある。つまり、すでにありふれた趣向を踏襲しながら、身代り劇の代表として仕上げた、王道中の王道の作品ということになる。

首実検までの松王丸が、敵役然《かたきやくぜん》とした外貌の下で、どのように内面を保っているのか、舞台でこれを演じる時には、文楽の太夫であれ、人形であれ、歌舞伎の役者であれ、どこまで本心を垣間見せるかという、匙加減《さじかげん》が求められる。その点、後半に再び登場して、これまでの謎をすべて解き明かす松王丸には、包み隠すことのない赤心《せきしん》が溢《あふ》れる。桜丸を思っての慟哭《どうこく》にも、長男梅王丸とは異なる次男坊の思いがある。

ここでもまた、段切れには語り物の力が発揮される。身代りとなった小太郎を悼む「いろは送り」は、寺子屋に因んでいろは歌を読み込んだ名文として知られるが、「御台若君もろともに」で始まる詞章は、客観的な描写のようでもあり、千代の嘆きをうたうようでもあり、松王丸の涙を象徴するようでもある。人形がついての上演となると、三味線《しゃみせん》が奏《かな》でる美しい旋律に合わせて人形遣いが踏む、足拍子《あしびょうし》が絶大な効果を添える。

五段目で、場面は再び天神記の世界に戻って、雷神となった道真の霊と、桜丸夫婦の霊魂の力によって時平の叛逆心が潰《つい》えるありさまが描かれる。失われた秩序は必ず旧に復して、体制は再び正しき形によみがえる、というのが時代物の思想である。同時に、その過程で、別れ別れとなった親子の愁嘆を、この国の観客たちは、長く愛してやまなかったのである。

（こだま・りゅういち／早稲田大学教授　歌舞伎研究・批評）

本書は、二〇一六年十月に小社から刊行された『能・狂言／説経節／曾根崎心中／女殺油地獄／菅原伝授手習鑑／義経千本桜／仮名手本忠臣蔵』（池澤夏樹＝個人編集　日本文学全集10）より、「菅原伝授手習鑑」を収録しました。文庫化にあたり、「文庫版あとがき」「解題」を加えました。

菅原伝授手習鑑《すがわらでんじゅてならいかがみ》

二〇二四年一二月一〇日　初版印刷
二〇二四年一二月二〇日　初版発行

訳　者　三《み》浦《うら》しをん
発行者　小野寺優
発行所　株式会社河出書房新社
〒一六二-八五四四
東京都新宿区東五軒町二-一三
電話〇三-三四〇四-八六一一（編集）
〇三-三四〇四-一二〇一（営業）
https://www.kawade.co.jp/

ロゴ・表紙デザイン　粟津潔
本文フォーマット　佐々木暁
本文組版　KAWADE DTP WORKS
印刷・製本　中央精版印刷株式会社

Printed in Japan　ISBN978-4-309-42153-7

河出文庫　古典新訳コレクション

古事記　池澤夏樹［訳］
百人一首　小池昌代［訳］
竹取物語　森見登美彦［訳］
伊勢物語　川上弘美［訳］
源氏物語 1〜8　角田光代［訳］
堤中納言物語　中島京子［訳］
土左日記　堀江敏幸［訳］
枕草子 上・下　酒井順子［訳］
更級日記　江國香織［訳］
平家物語 1〜4　古川日出男［訳］
日本霊異記・発心集　伊藤比呂美［訳］
宇治拾遺物語　町田康［訳］
方丈記・徒然草　高橋源一郎・内田樹［訳］
能・狂言　岡田利規［訳］
好色一代男　島田雅彦［訳］
雨月物語　円城塔［訳］
通言総籬・仕懸文庫　いとうせいこう［訳］
春色梅児誉美　島本理生［訳］
曾根崎心中　いとうせいこう［訳］
女殺油地獄　桜庭一樹［訳］
菅原伝授手習鑑　三浦しをん［訳］
義経千本桜　いしいしんじ［訳］
仮名手本忠臣蔵　松井今朝子［訳］
松尾芭蕉／おくのほそ道　松浦寿輝［選・訳］
与謝蕪村　辻原登［選］
小林一茶　長谷川櫂
近現代詩　池澤夏樹［選］
近現代短歌　穂村弘［選］
近現代俳句　小澤實［選］

＊以後続巻
＊内容は変更する場合もあります